香港兒童文學名家精選 **劉素儀**

新雅文化事業有限公司
www.sunya.com.hk

香港兒童文學名家精選

反斗三星

作　　者：劉素儀
插　　畫：美心
策劃編輯：甄艷慈
責任編輯：曹文姬
設計製作：李成宇
出　　版：新雅文化事業有限公司
　　　　　香港英皇道499號北角工業大廈18樓
　　　　　電話：(852) 2138 7998
　　　　　傳真：(852) 2597 4003
　　　　　網址：http://www.sunya.com.hk
　　　　　電郵：marketing@sunya.com.hk
發　　行：香港聯合書刊物流有限公司
　　　　　香港新界大埔汀麗路36號中華商務印刷大廈3字樓
　　　　　電話：(852) 2150 2100　傳真：(852) 2407 3062
　　　　　電郵：info@suplogistics.com.hk
印　　刷：中華商務彩色印刷有限公司
　　　　　香港新界大埔汀麗路36號
版　　次：二〇一三年七月初版
　　　　　10 9 8 7 6 5 4 3 2 1
版權所有 • 不准翻印

ISBN: 978-962-08-5910-6
© 2013 Sun Ya Publications (HK) Ltd.
18/F, North Point Industrial Building, 499 King's Road, Hong Kong.
Published and printed in Hong Kong

目錄

童話篇

生活故事篇

出版緣起

　　冰心説：「必須要有一顆熱愛兒童的心，慈母的心。」兒童是社會的未來，每一位成年人，都有責任關心兒童的健康成長。而優秀的兒童文學作品，正是兒童健康成長不可缺少的精神食糧。它們蘊含着真、善、美，能真切地反映兒童的心聲，能帶給兒童歡樂和有益的啟示，能鼓勵兒童積極向上，奮發進取。

　　回顧香港兒童文學的發展，由 20 世紀 30 年代香港兒童文學的開始萌芽，到 21 世紀的今天，有許多兒童文學作家一直在為香港兒童文學的繁榮辛勤地耕耘着。他們當中，既有從內地南來的作家，也有土生土長的作家；當中有不少文壇長青樹，也有很多新晉的年輕作家。這些作家為香港兒童創作了一批又一批的優秀作品，為香港兒童文學創作的發展作出巨大貢獻。

　　本公司一向致力於為兒童提供優質讀物，藉踏入 50 周年新里程之際，我們希望更廣泛地推出各種有益兒童身心的圖書，尤其是本土兒童文學作品，因此策劃出版《香港兒童文學名家精選》叢書。

　　本叢書是由各位作家在其已出版的著作中，精選出曾獲過獎，或是能代表其創作風格的作品結集成書。體裁包括童話、童詩、生活故事、兒童小説、科幻故事、幻想小説、散文等。作品展示了上世紀 50 年代至本世紀初香港少年兒童的精神面貌和社會風情，曾在讀者中產生過重大影響，並經得起時間的洗禮。

何紫先生曾説過：「倘若我們不從小培養小孩子閱讀的興趣，他們又怎能建立鞏固的語文基礎？」其實，我們不僅關注培養小孩子的閱讀興趣，提高他們的語文能力，我們更希望藉由優秀的兒童圖書，把愛心、善良、孝順、正直、勤奮、樂觀、堅強、關懷、謙虛、公義等種子植播於孩子的心田。叢書裏的作品既文字優美，更是充滿着真善美的人文關懷。

　　是次出版，我們挑選了在香港兒童文學創作上卓有成就的作家。我們希望由此而為當代少年兒童提供優質的讀物，也為香港兒童文學創作的研究留下具時代意義的印記，更由此表達本公司對兒童文學作家的由衷敬意。

　　本叢書能得以順利出版，全賴各位作家的鼎力支持。此外，特別感謝阿濃先生為本叢書撰寫總序，感謝謝錫金教授和羅淑君女士撰文推薦。

　　為了令讀者對各位作家有更多的認識，叢書還特地設有「作家訪談」，讀者可以由此了解各位作家如何走上文學創作之路、他們對兒童文學的見解等。

　　叢書後設有每位作家「主要的兒童文學原創作品」資料和獲獎資料，旨在為香港兒童文學的原創生態留下史料，並為讀者提供廣泛閱讀的書目。

在孩子心裏埋下愛、美、善的種子

阿濃

兒童文學是文學中最難搞的一門。

所有優秀文學作品要具備的條件，兒童文學都要具備。

但兒童文學的用字用詞有限制，宜淺不宜深。兒童文學的造句有講究，宜短不宜長。兒童文學的表達有要求，宜明白曉暢，不宜過分含蓄艱深。對許多作家來說，就是淺不起來，短不起來，明白不起來。他們做不到，不想做，甚至不屑做。

兒童文學的內容要純淨，像高山絕頂的雪，容不得絲毫污染。因為它是給我們純潔天真的小寶貝的精神食糧，其品質要求更甚於物質食糧的奶粉。但純淨不等於淡而無味，它芬芳，有大自然的氣息；它甜美，如地上樹上藤蔓上的果實；它富於營養，又容易吸收。這就對兒童文學作家個人的品質有了要求，兒童文學作家能標籤為 organic，他的作品才屬於 organic。

許多做父母的都知道餵孩子吃東西是一件苦差，想孩子接受我們為他們而寫的作品，同樣是強迫不來的。兒童文學作家要有十八般武藝，施展渾身解數，令他們笑，使他們覺得有趣，利用他們的好奇，刺激他們思考，引發他們感動，其實是很吃力的。

要成為一個成功的兒童文學作家，他首先要懂孩子的心，那

就需要他自己有一顆童心。他同樣愛吃、愛玩、愛笑、愛哭、愛熱鬧、好奇、愛問為什麼。他同樣愛幻想，不受拘束、仁慈慷慨、視眾生平等。一顆赤子之心，試問在這烏煙瘴氣的世界裏多少人還能擁有？

　　優秀的兒童文學作家是如此難得，但社會（包括文學界、出版界）對他們又有多重視呢？寫書給孩子看被視為「小兒科」，大家對小兒科醫生十分尊重，對成人文學作家與兒童文學作家之比卻視為大學教授與幼稚園教師之比，使不少兒童文學作家不想擁有這個名號。同樣反映在版稅方面，兒童書的版稅普遍低於成人書，這也使兒童文學作家氣餒。

　　幸運地，香港還是出現了一批可愛可敬的兒童文學作家，多年來他們創作了豐盛的兒童文學作品。出版了大量的書籍，也被選作課文。在成千上萬的孩子心中，埋下了愛、美、善、關懷、正直、公義、勤奮……的種子，使我們的下一代有普遍的好品質好表現。這是兒童文學作家們最堪告慰的。

　　作為香港兒童讀物出版重鎮的新雅文化事業有限公司，1991年不惜工本，編印了《香港兒童文學作家系列》，邀請最出色的兒童書插畫家繪圖，硬皮精印，成為香港兒童文學的里程碑。21年後，新雅再次出版一套《香港兒童文學名家精選》叢書，為當代少年兒童提供最好的精神食糧，為研究香港兒童文學留下有價值的資料，同時向香港的兒童文學家們致敬，可謂意義重大。

　　祝願香港出現更多出色的兒童文學作家，祝願他們的地位獲得提升，祝願他們寫出更多更精彩的作品。

推薦序一

優秀的兒童文學作品歷久不衰

　　要想兒童喜歡閱讀，必須要有大量有趣的，能引起他們的閱讀意慾的優質讀物。我很高興地看到，雖然有人說香港是文化沙漠，但仍有不少兒童文學作家在勤奮地為兒童寫作，各家兒童圖書出版公司每年也為兒童提供大批印製精美的讀物。

　　2012 年香港書展，香港規模最大、歷史最悠久的兒童圖書出版社——新雅文化事業有限公司，推出《香港兒童文學名家精選》叢書，精選一批對本港兒童文學卓有建樹的著名作家的作品，為香港兒童提供最好的精神食糧。十位作家包括：黃慶雲、何紫、劉惠瓊、阿濃、嚴吳嬋霞、何巧嬋、東瑞、宋詒瑞、馬翠蘿和周蜜蜜。叢書出版後獲得了熱烈回響，不但得到讀者廣泛好評，而且其中五冊圖書獲得 2012 年的冰心兒童圖書獎。

　　2013 年，新雅再精選十位兒童文學作家的作品，於香港書展推出第二輯《香港兒童文學名家精選》叢書。十位作家包括：陳華英、潘金英、潘明珠、君比、韋婭、黃虹堅、胡燕青、金力明、劉素儀和孫慧玲。

　　二十位作家的作品，展示了上世紀五十年代至本世紀初香港少

年兒童的精神面貌和社會風情，從不同層面刻劃了香港兒童的成長足跡，以及他們成長中所遇到的困擾。

　　和現在相比，上世紀的兒童生活和現今的兒童生活有着很大的差別，他們的生活遠比現在的兒童困苦。但是兒童的心性是相通的，他們的歡樂和煩惱，無一不是當今香港兒童所常遇到的；而他們面對挫折而表現出的勇氣和智慧，又給當今的少年兒童提供了有益的啟示和學習榜樣。

　　優秀的兒童文學作品影響力歷久不衰，本叢書正好印證了這一點。

　　我誠意向各位關心兒童健康成長的家長和教師推薦這套有益兒童身心的優質圖書，也藉此向各位辛勤耕耘的兒童文學作家表示敬意。

謝錫金
香港大學教育學院教授
香港大學中文教育研究中心總監
全球學生閱讀能力進展研究計劃
(PIRLS)- 國際 (香港) 委員

向陪伴兒童成長的文學作家致敬

收到新雅的邀請，為這套《香港兒童文學名家精選》寫推薦序，實在有點兒受寵若驚。為的是叢書內網羅了香港差不多半世紀內鼎鼎大名、優秀的兒童文學作家。其中黃慶雲（雲姐姐、雲姨）更在1938年曾到本會位於香港大學馬鑑教授的西營盤宿舍樓下的會所為街童講故事，她是推動本港兒童閱讀的先行者。

《香港兒童文學名家精選》內的作家都是香港兒童文學上的中流砥柱，他們的著作吸引了無數的讀者，深受新一代歡迎。在本港推動閱讀文化的各項活動中，鮮有不包括他們的作品。

雲姨是全球知名的兒童文學家；周蜜蜜是雲姨的女兒，以香港兒童成長為題，對兒童成長經歷的過程有細膩深刻的認識；何紫先生將不同年代的童年呈現，伴隨香港的成長，閱讀他的童話就像閱讀香港不同年代的社會發展；東瑞的故事，天馬行空、科幻、出人意表的情節啟迪兒童對未來的好奇，跨越常規的突破和創意；馬翠蘿對人際關係的敏銳描述，是小學生最喜愛的作家；阿濃讓跨代爺孫親切之情、愛護環境等浮現於故事情節中；何巧嬋校長以童話手法寫香港孩子的生活，希望小讀者能跳出眼前的局限；劉惠瓊姐姐透過動物故事，將兒童成長責任中的困惑、與朋友的交往娓娓道來；嚴吳嬋霞女士的作品描述了兒童的純真。

陳華英的作品希望帶給兒童歡樂、希望和幻想的空間；潘金英、

潘明珠姊妹倆的兒童戲劇清新有趣；君比的作品反映了今日香港少年兒童所遇到的家庭問題和困惑；韋婭的幻想小說想像新奇；黃虹堅的成長小說教導小朋友當遇到家庭巨變時，他們應採取何種生活態度；胡燕青的童詩文字淺白，生活氣息濃厚；金力明的童話寓意深刻；劉素儀的科幻故事充滿幻想成分，主題卻是批判現代人的好戰；孫慧玲的小說寫出逆境中的少年如何自強。

優良的圖書和故事作品，會令培育兒童愛上閱讀變得輕易而舉。

如果說多運動能令兒童體格強壯，多閱讀則令兒童心智豐盛。小學階段，兒童從 6 歲開始到 12 歲的期間，是發展閱讀最重要的階段。兒童成長中，9 歲以前，是要學會掌握閱讀的能力；9 歲以後，他們透過閱讀去學習日新月異的知識，透過文字故事以豐富人生成長的經歷。好的故事、引人的情節、雋逸的文筆不單能為新一代開啟知識之門，讓思想騰飛，還能接觸社會內不同的價值取向、人際交往關係之錯綜複雜面。

《香港兒童文學名家精選》包含的故事仍是我們推動兒童閱讀的工作者經常採用的。它不單將本港兒童文學作出一個較為整全的匯聚，同時亦為父母提供了一個安心的選擇，羅列了多元化、鼓勵兒童閱讀的好作品。謹此向一羣努力耕耘、陪伴兒童成長的文學家前輩和翹楚致敬⋯⋯

羅淑君
香港小童群益會總幹事

讓孩子在閱讀中得到快樂、陶冶和智慧

劉素儀

孩子的心是活潑、又不受約束的。他們懵懵懂懂，還不認識人生的陰暗面，面前是美麗、光明的日子。對人生和大自然中的事物充滿幻想。難道你不曾見過扮公主的小女孩，或是蹲在那兒看長長蟻路的小男孩嗎？我喜歡為兒童寫作，為的是在寫作的過程中，可以重溫自己還是孩子時所擁有過的快樂和天真。我寫作兒童故事的目的，是讓他們在閱讀的過程中得到快樂、性情得到陶冶、智慧得到啟發，而其中首要是閱讀時得到快樂。

本集子選收的都是我喜歡的故事，童話篇有三個故事，其中的《鯨的故事》是我第一篇為孩子寫的故事，其意念始於有關大羣抹香鯨在沙灘擱淺的新聞報道，故事意外地得到香港兒童文藝協會第二屆兒童文藝創作獎亞軍，獲獎後我得到不少前輩的鼓勵，包括阿濃、韋惠英、已故的何紫等。我繼續嘗試，又寫了《虛心的旅程》和《溫暖城堡》兩個童話，前者以擬人法教導孩子各樣應有的美德；後者鼓勵孩子們不要受眼前事物的限制、勇敢行事做人，就有成果。

生活故事篇收錄的生活故事，都是環繞家庭和學校生活的故事，取材自身邊的孩子，或是親友中傳來的故事。其中《Sorry

雀 》和《親善小姐的一天》曾獲新雅文化事業有限公司舉辦的兒童文學創作獎項，前者獲 1987 年生活故事組的冠軍，後者原名《友誼小姐的一天》，獲 1988 年生活故事組的亞軍。故事出版了我自己很高興，可是瘀事被人寫成故事的主人翁就非常不滿，幾乎要「賠償」。《引誘 》和《這個暑假》兩個故事鼓勵孩子擇善捨惡及認識生物的循環不息。《反斗三星》的幾個系列故事，雖然寫於 20 世紀 90 年代初，至今仍然算寫實，譬如孩子們同樣被繁重的家課和頻密的課外活動壓得喘不過氣，孩子和家長同樣愛玩遊戲機。

　　至於本書收錄的科幻故事，其中《不死的灰白體》曾獲新雅文化事業有限公司舉辦的兒童文學創作獎科幻故事組冠軍，而《再生人》則發表在由三聯書店出版的科幻故事期刊。二者充滿幻想成分，主題卻是批判現代人的好戰，愛研發大殺傷力的核子武器，將全人類置於險境。歡迎同學們和家長們都能開心的閱讀這小書，這就是我小小的願望！

因一則新聞而走上文學創作道路的
兒童文學作家

——劉素儀

因一則新聞而走上文學創作道路的
兒童文學作家
—— *劉素儀*

二十多年前，一則報道鯨羣擱淺海灘的新聞，引發了劉素儀寫出她的第一個童話故事，並由此把她帶上了兒童文學創作的道路。可以説，劉素儀是一位因新聞而引發創作兒童文學興趣的作家吧！

鯨羣擱淺海灘的新聞引發了我的寫作興趣

談起昔日如何走上兒童文學創作道路，劉素儀未説話便已大笑起來。

「哈哈哈，説起來真有趣，那時是上世紀八十年代的某一天吧，我在報紙上看到一羣抹香鯨擱淺海灘的新聞，這事引發了我的興趣。我在猜想是什麼原因令這羣抹香鯨走上海灘呢？於是我用擬人的手法，虛構鯨羣在海底的對話，寫成了《鯨的故事》這個童話給我的孩子看。完成後，我覺得這個故事好有趣，剛好那時香港兒童文藝協會正舉辦第二屆兒童文藝創作比賽，於是我拿去參選，很僥幸地得了亞軍，我很開心。故事很短，大約兩千多

字，但含意深刻。我是想告訴小朋友不要局限於環境中，要有夢想，要敢於冒險等。獲獎後，何紫、嚴太（嚴吳嬋霞）和阿濃他們都鼓勵我多寫些。

「後來，我就有意識地觀察我身邊小朋友的言行舉止，把它們記下來，開始寫些生活故事。此時，新雅舉辦兒童文學創作獎比賽，我參加了第一屆和第二屆，共得了三個獎項。其中一個獲獎故事叫《Sorry 雀》，這是有生活原型的。有一個小朋友很愛捉弄人，然後就對人說 Sorry。我很喜歡寫小朋友這些趣事。」

創作題材大多源於生活

劉素儀的生活故事，生活氣息十分濃厚，我忍不住問她：「我覺得你寫的那些生活故事裏有着很強的現實影子，我懷疑有很多是發生於你們家庭的生活趣事呢！」劉素儀聽到我這樣說，又忍不住哈哈笑了。她說：「你說對了，大約有一半出自我們家庭吧，還有另一半是『借』來的。」

她告訴我，她的創作題材

劉素儀和兒子。

大多源於生活。她很欣賞小朋友的天真，因此她很留意觀察她身邊的小朋友。他們那些古靈精怪的趣事，他們那些在成人眼中看來是愚蠢的行為，往往都可化為她故事中一些有趣的素材。例如《波比的紐扣》，寫的就是一個小朋友把睡衣的紐扣放進嘴裏咬，越咬越覺得好味道，結果不小心把紐扣吞進肚子裏。他很害怕，只好告訴媽媽。媽媽安慰他說：「沒法啦！只好明天排便時檢查一下，看有沒有排出來。」由此媽媽告訴小朋友以後不可再做這樣的事。

另一個創作題材來源則是新聞。「我讀大學時是修讀新聞的，我比較留意一些有關小朋友成長的新聞，以及一些科學新聞。例如《再生人》和《不死的灰白體》就是我看過一些科學性新聞報道而虛構的科幻故事。」

「還有一個來源就是大量閱讀外國文學作品所得到的養分。小時候我看過很多安徒生童話、格林童話，這些童話都是很天馬行空的。但是，童話也不是可以亂寫的。因此，我根據自己的一些生活見聞和感想寫了一些童話，例如《虛心的旅程》。」

上乘的兒童文學作品要能刺激孩子思考及成長

說到創作瓶頸，劉素儀說沒有。「因為我寫的故事篇幅不長，有的幾百字，有的二三千字，我一次性就可以完成了。如果寫不出來，就不寫了。所以，這在某程度上來說是好的，因為我要在好短的時間內把故事寫出來，這樣就不會有多餘的字，也適合小

朋友看。如果不精簡，小朋友看着看着就有可能睡着了。」

至於怎樣的作品才算上乘的兒童文學作品，劉素儀說：「最重要的是對小朋友有啟發，能刺激他們思考及成長的。第二點，則是讓小朋友看時覺好開心，能把自己代入主人公，像主人公一樣經歷故事中的事情——嘩，他怎麼這樣笨的？他為什麼這樣開心？把孩子的情感都調動起來。此外，文字也很重要，用字要淺白，句子不要太長，否則小朋友讀時會覺得辛苦。」

影響最大的作家是老舍

訪談過程中，不時響起劉素儀那愉快的朗朗笑聲，令人深受感染。愛笑，這可能一方面是她的天性，另一方面是否也和她喜愛的作家有關呢？又或者倒過來，她這樂天愛笑的性格，影響了她的閱讀喜好？

她告訴我：「對我影響最大的作家是老舍先生，他的作品可以寫得很深沉，如《正紅旗下》，但又很有幽默感。我曾看過他的一部作品，叫《幽默詩文集》。這是老舍對當時的社會時

劉素儀與潘氏姊妹是中學同窗，也是兒童文學寫作路上的良朋。左起：潘明珠、劉素儀、潘金英。

事、人事和自己處境的有感而發來寫出的真實生活中的幽默。

「我很喜歡老舍的幽默感。老舍的幽默，是看到了生活中的可笑之處。客觀寫來，不着痕跡。它融匯中西風格，睿智深刻，又內斂寬容，酸甜苦辣全在一笑之間。而且雅俗共賞，不同的人各有不同的體味。另外，我還敬重他很愛國，很有民族感情。

「說到兒童文學作家方面，我最喜歡的是英國的羅爾德·達爾（Roald Dahl）。我幾乎看遍他所有作品，例如《查理與巧克力工廠》、《女巫》等。他的作品都有趣惹笑。我曾看過他的自傳，終於了解到他為什麼那麼有愛心，他寫的東西為何那麼有趣好笑，原來他好愛小朋友，他好愛他媽媽。當中有一個章節寫到：羅爾德·達爾自九歲進入寄宿學校的第一個星期日起，到他媽媽去世時止，只要他離開了家，他就從不間斷的每周都寫信給他媽媽。他媽媽去世時，他正好在牛津一間醫院做一個大手術。當他康復回到家裏，見到他媽媽把他二十年來寫給她的六百多封信，用綠色絲帶整整齊齊地紮好留給他。我看後十分感動。我感受到他們母子的心連心。我認為寫兒童文學的人要很有愛心，很喜歡小朋友，很喜歡人與人之間的那種親密關係。

「此外，有一本書對我的影響十分大，它是清代劉鶚的《老殘遊記》。我希望小讀者有空都看看，因為文筆高超、故事情節又十分豐富，看完後對中國的認識會更多。」

未來的大計

談到創作中的趣事，劉素儀忍不住又笑了，她說有的小朋友看完故事後就追着她來打，說她把他的「瘀事」寫出來了，令他覺得尷尬。例如《反斗三星》中的「矇矇奇妙」等。

由於工作十分忙碌的關係，劉素儀的作品不多，不過獲獎的比例卻相當高。對此，劉素儀覺得微不足道。她說：「寫了些故事，能出版及可以和讀者分享，我已覺得好開心的了。當然，獲獎對於寫作人來說，是一個很重要的鼓勵，也是很重要的。我希望日後可以多寫一些吧。」

劉素儀外表十分年輕，無論如何都看不出她是退休後又重返政府部門工作的；你更不能想像，她已是一個「奶奶」級的人物——她去年已娶了兒媳婦。她目前除了任職政府部門，還教授一些小說創作班，並為一些文學比賽活動擔任評判等等。她說最近升了職，工作更忙更辛苦了。但是，對於未來的寫作計劃，她還是有很多意念的。她告訴我，她想以一種輕鬆的手法，寫一套德育教育叢書。因為她覺得現在的小朋友不太注重講究這些，父母的過分保護和關愛，也令現在的小朋友較為自私和自我，這些都需要一些有益又有趣的德育故事去引導他們，從好的方面去影響他們成長。

此外，她還有一些寫於八九十年代的作品，但寫完之就放在一邊，沒有好好整理，她希望日後有時間把它們整理出來。她說：

「此次新雅為我出版一本作品合集，我很高興。我希望這只是一個中段的檢討，而不是一個終結。未來的日子，我希望多些時間看書和寫作。」

2011 年，劉素儀與著名兒童文學作家秦文君（左）攝於研討會上。

童話篇

鯨的故事

（榮獲香港兒童文藝協會第二屆兒童文藝創作獎亞軍）

　　從北極圈吹來的微風，掠過白寧海的海面，掀起粼粼銀光，在這個平靜的秋晨裏，一羣抹香鯨正開始聚集在一起，準備搬家到南方的海域，避過嚴冬。

　　當同伴漸漸多起來時，一條頭長得特別大的抹香鯨向眾鯨魚宣布：「各位同類，大家都知道，我們是哺乳動物之一。與我們一起進化的哺乳類，都已登上陸地去生活。我們是溫血的高等動物，現在卻要跟那些比我們低等許多的八爪魚、龍蝦、蚌子和那些還沒有我們眼睛那麼大的小魚一起在海洋生活，實在挺不舒服。」

　　「你實在說得很對，大海應只是低等的涼血動物、蜉蝣等的住所，要我們高等的哺乳類生活在此，實在有失身分。」一條短尾鯨魚和應着。

　　首先發表宣言的大頭鯨魚又說：「各位同類，不若我們今秋不再游遙遠的數千公里，到加利福尼亞的珊瑚島區避寒了；我們一羣抹香鯨，就找個美麗的海灘登陸吧！」

　　一路在聆聽的其中一條幼鯨，興奮地搖着尾巴説：「好啊，好啊，我們就找一個平靜的港灣，選一個天色最好的黃昏上岸吧！就讓我們為鯨類的歷史揭開最動人的一頁吧！有時我探頭出水面，看西方的太陽慢慢沉下，那片土地顯得神秘莫測，美妙得令我醉過去。」

　　一直聽得入神的肥肚鯨魚忽然想起牠的經驗來，説：「我也曾看見過那一條條鏤金邊似的海岸線，我亦希望到那兒看看，究竟陸地是何樣兒，那裏的哺乳類生物生活了這麼多個世紀，不知現在變成什麼模樣呢？」

「陸地有陸地上的生物，這兒海洋也有海洋的生物，我們要安身於此。」一條年老的雌鯨喃喃的加入說話，又繼續說：「相傳在一億二千五百萬年前，我們鯨類是生長在陸地的，因不適應那兒的氣候，加上食物短缺，祖先才遷徙到海洋中生活的。」

迷戀黃金海岸線的幼鯨不滿地說：「我就從未聽過這種傳說，我以為生物進化一定是由水生而到陸地生的，我不相信祖先們會由陸地退居到海洋。」牠又向那老雌鯨說：「你有證據嗎？證據呢？」

老雌鯨只有搖頭，然後游開。

先前曾向大家呼籲上陸地去的大頭抹香鯨又說：「不錯，我們是哺乳類中尚未絕種而又最龐大的生物，我們的腦是地球上最大的了。我們有的是智慧，有的是思想，我們可與同類傳達消息，我們又懂得唱歌，我們已進化了這麼多世紀，可能已到達可以上岸居住的階段了，我們若不嘗試上岸去，就這樣繼續呆在海洋裏，又怎能知道能否上岸生活呢？我們一定要嘗試，我們上岸去！上岸去！」

眾抹香鯨至此，興奮雀躍得不得了，互相交頭接耳，其他魚羣見鯨羣這樣激動，也在稍遠處觀看牠們的動靜。

這時，一條單眼的年老抹香鯨拖着龐大的身軀，搖搖

擺擺的游到前面去，轉過身，面向眾鯨魚說：「各位子侄，我們一定要冷靜，在許多年前，你們之中有些尚未出生，也曾經有過一條抹香鯨像先知般出現，呼籲我們上岸去，當時曾有兩條鯨魚願隨牠去登陸，此後，牠們便沒有回來，許多抹香鯨都認為牠們是葬身陸地了，當然，牠們是同類中最聰明的。」牠頓了一頓，歎息道：「真是可惜！」

另一條同類中最老的鯨魚又想起來，說：「對啊！我也知道這件事，可是在這以前，我聽長輩說過，我們的祖先也曾嘗試過三、四次登陸呢，可是牠們都沒有再回來。」

「牠們大概是犧牲了。」一條小鯨說。

「一定是了。」另一條又說。

眾鯨魚沉默了。

片刻，先前提出上岸去的大頭抹香鯨，浮上水面，噴出一條長長的水柱，那頭頂還冒着水蒸氣，然後躊躇滿志的游到眾鯨魚前，以先知的口吻說：「牠們不回來，可能是已習慣了陸地上美好的生活，不願再回來吧。又有可能是牠們上岸久了，生物形態也完全改變了，不能再適應海洋吧。我相信我們勇敢的祖先們是成功了，無論如何，我一定要試試。各位，有誰願意隨我上陸地去呢？」

眾鯨魚又交頭接耳。

「我們是有腦袋的動物，有超越自己，打破限制的慾望，我們生存着，並不是為了養活那數十噸重的身軀，那身軀只是養活我們靈魂的部分，我們既然知道在那方有一塊土地，又希望到那兒去，就應該拿點勇氣來，實現我們的理想⋯⋯」提出上岸的大頭抹香鯨接着說。

「勇氣，不錯，我們鯨魚有的是智慧和勇氣，有一次我被捕鯨隊的快艇追蹤，那魚叉插在我的背上，我整整拖着他們跑了好幾十浬，幸而那背上的肉連魚叉一起掉了，才不致送命，雖然我身負重傷，但我一定要保持生命，有生命才有活的腦，才有智慧和勇氣呢！」身上還帶有疤痕的一條鯨魚說。

「不錯，上陸地去生活已是我們進化的必然過程，我們實在不應再生活在海洋任由陸地上來的生物殲滅，我們上了岸，身體和智慧可能會有大步的進化，說不定由我們來統治哺乳類呢。有勇氣，有理想的，現在就請隨我來吧！」先知一樣的大頭鯨說道。

四十多條中的十三條抹香鯨，便開始蠢動起來，隨着那條充滿理想、先知一樣的抹香鯨進發，找尋登陸大地的港灣。

　　　　＊　　　　　　＊　　　　　　＊

　　經過了一日一夜的旅程，那閃着銀光的海岸已在望了，
一條幼鯨問：

　　「我們的身軀這樣大，又沒有四肢，怎樣登陸好呢？」

　　「我們不若回去隨大隊游往加利福尼亞的海岸吧。」
一條鯨魚道。

　　「你倆不要打擊我們的勇氣和理想，那海岸已在望了，
我是絕不放棄的，大家應設法想出辦法來，我們的腦子是
用來解決問題的，而不是用來追悔的。」另一條鯨魚又説。

那先知般的鯨魚，沉默一會，轉過身向着尋找埋想的鯨羣道：「如何上岸並不是難以解決的問題，要思考、要選擇的是你們是否願意，是否有勇氣接受新環境、新挑戰，陸地將會是完全新鮮的地方，而我們能否適應，靠的是我們的信心和我們的腦袋，難道你們忘了麼？海洋中的潮汐漲退不就是帶領我們上岸的最佳方法嗎？」

「不錯，在潮漲時我們游到一海灘的淺水處，至潮退，我們不就全部登陸，成功登陸了嗎？」

「好，我們就如此決定。」眾鯨魚便加快了身體的律動，勇往直前，向理想邁進。

*　　　　　*　　　　　*

一個燦爛的黃昏，一雙夫婦駕着私家車，駛過每日都經過的海旁公路。女的遙望海景，突然發覺平日長而平滑的海灘上，竟多了十多個灰灰的小山丘，他們駛近些時，才發現那是一羣抹香鯨，靜靜的躺在那裏。女的説：「這羣鯨魚一定是瘋了。」

男的開玩笑説：「或者牠們是因為犯了罪，被其他的海洋生物驅逐出境吧！」

「牠們也可能是為了某些原因集體自殺吧，我曾讀過一些文章説鯨魚的內耳被寄生蟲損壞，就會失去辨別方向

的能力，便會誤游到淺灘擱淺了的。」女的説。

「不論怎樣，我們報警吧。不如，也通知電視台和報館的人來拍照吧。」男的説。

「唉，這麼多的龐然大物躺在這兒等死，真叫人心酸啊！聽説牠們也是有腦袋的哺乳類哩。」女的傷感地説。

＊   ＊   ＊

陣陣的海浪撲上沙灘，旋又退下，海水每日每夜的不停湧上岸，浪花也仍是要回到她原屬於的海洋。

那十三條鯨魚躺在沙灘上，晶瑩的海水輕輕的擦着牠們的身體流過，起初的新鮮興奮感覺，漸漸變成冰冷的死亡的毒箭。給予牠們自由和生命的海水一潮一潮的退，牠們心知死亡已是無可逃避。那先知抹香鯨方才想到勇敢的祖先們的命運，只有無奈的躺着接受為理想而犧牲的命運。

在堆滿鯨屍的海角，從北極圈吹來的風又勁了些，海浪的回聲咽着悲歌，在向那羣鯨魂致哀。在許多年後，鯨類仍會有先知出現，這一幕，在鯨魚的歷史上仍將再次上演。

虛心的旅程

虛心生就一副文質彬彬的樣子，他瘦削斯文的外型予人好感，可惜並不惹人注意。

有一天，他出外探訪朋友，希望與朋友閒聊，增進感情，也想充實充實自己的學問。向人學習，本來就是虛心的獨特性格呢。

虛心悠閒地走了不久，便遇上了虛榮心，這虛榮心跟虛心雖然名字很相似，卻是同父異母、性格非常不同的兄弟。虛榮心的眼睛長得很高，一雙烏溜溜的眼珠老是向上看，身上的衣着比起虛心來說光鮮講究得多，他不但穿着一套深紫色的西服，還把頭髮染成金色。

「虛榮心，好久不見了，近況可好？」虛心問。

「尚好，尚好。」虛榮心瞟了虛心一眼，便又把眼珠向上一翻。

「虛榮心，聽説你近日比以前受歡迎？」虛心問

虛榮心整了整絲質的領帶，擺出一副得意的樣子，説：「不錯，我近日是比以前受歡迎了許多，其實我在人類歷

史上，從來都佔一個重要席位，德國的希特勒為了滿足一己的虛榮心，發動世界大戰，要消滅猶太人，要培植日耳曼優秀民族，終於使德國人民飽受戰敗的教訓。納粹黨的暴行，至今仍為人們所唾罵⋯⋯我虛榮心的無限智慧，就是表現在聰明人的愚蠢上面。」

「虛榮心兄弟，你被人唾罵了這許多年，似乎也收斂了些，為什麼最近又活躍起來呢？」虛心問。

「哈哈，這可要多謝二十世紀電視和通訊的發達了。」
虛榮心說。

「為什麼呢？」

「虛心，虛心，難道你沒留意現在多麼盛行明星啊，
偶像啊，那些少年人，不知多傾慕他們，有部分人還希望
自己有朝一日可當偶像呢！就算自己沒那樣的條件，以為
只要穿着得像偶像，髮型弄得像偶像，便是未來偶像，你
說這不是我虛榮心漸受愛戴的徵象嗎？」

「虛榮心，長期以來還是有人受你愚弄，世界上的蠢
人真多啊！」虛心說。

「現在二十世紀人人都講形象，人人都想在芸芸眾生
中表現自己、突出自己，可惜卻不是每人都追求完美的內
涵，大部分人竭力去追求形式的美、外表的美，虛心兄弟，
你真是窮途末路了。」虛榮心對虛心說。

「唉，我四處探訪人們的心靈，就是希望可以住得進
去，令不很聰明的人從學習中得到智慧，可惜我樣貌平凡，
不很受歡迎，而你卻四處作弄人，把人們誘到雲端，又把
他們摔倒在地。虛榮心，你我雖是同姓虛，但宗旨不同，
我們還是各走各的路較好。」虛心說。

虛榮心點了點頭，揮一揮手，便大搖大擺地離去，他

不時拿起掛在頸上的特製望遠鏡，窺探誰人的內心軟弱，便上去愚弄他們。

虛心別過了虛榮心，又繼續往前走，來到一條小河之畔，他遇上了小心。這時小心正在河邊洗澡．這小心的個子細小得很，假如不是洗澡時激起了陣陣水花，虛心還是不容易發覺小心的。

「小心，你好嗎？認得我嗎？我就是貌不驚人的虛心。」虛心說。

「哈囉，虛心，我當然認得你，你也下來洗個澡吧，水很清涼呢。」小心叫道。

「小心，你為什麼這樣清閒呢？這世界沒有你這小心在維持紀律，很容易便出亂子的哩。」虛心問道。

「虛心，你可知我工作辛苦，一刻不得鬆懈。飛機師駕飛機要靠我，巴士司機駕駛巴士要靠我，外科醫生做手術要靠我，就是小學生考試時也要有我幫忙才有好成績，所以我每工作一百個小時，便要休息三分鐘。我在這三分鐘內惟一能做到的，便是洗個澡，現在跟你說了這許多句話，相信已快過三分鐘了，希望我這次休息並未造成大災難！唉，前兩次我洗澡時，便有一艘船在黑夜裏駛了上岸，又有巴士衝上行人路撞死人哩，看來我的休息時間要改為

每一百小時休息一分鐘了。」小心説完了最後一句話，便已穿好衣服，匆匆跟虛心道別，便又工作去了。幸而小心這次休息的時間內，並未有任何災難發生，只是小明這少年人一時大意上錯巴士，和陳二嬸洗碗碟時打碎了兩個瓷碗。

虛心離開了小河，繞過了一個小山丘，在山谷的大樹下遇見了貪心。貪心和虛心從來都不是很投機的朋友，虛心走了這許多路，開始有些悶，心想：「既然跟貪心撞個正着，打個招呼也好。」便走到貪心面前。

「貪心，近況可好？」虛心禮貌地向他問道。

「近況？還不錯。虛心，你又怎樣啊？」貪心問道。

「我可不及我的兄弟虛榮心受愛戴哩，現在的人，尤其是年輕人，越來越不愛聽別人的忠告了，他們老以為自己的一套最好。」虛心説。

「我最近也曾和你的同父異母兄弟虛榮心交換心得，現在世界上有了國際貿易，有了發達的科技，有了工商業，物質是豐富了，加上了推銷商品的廣告，人們對物質的要求越來越多，也越來越高，我貪心便有機可乘哩。我貪心最快樂的時刻就是令本來不很窮的人因為受了我的引誘，由貪而變為貧。不知多少年前，有人洞悉了我的嗜好，老

叫人不要因貪變成貧，那時我多擔憂人們因此會變得聰明起來啊，因為當人聰明起來時，我豈不是少了很多滿足和快樂？幸而許多人雖已略知『貪會變成貧』，但仍然聽我擺佈，所以到今天我還不知寂寞是什麼滋味呢。」貪心滔滔不絕地說。

「貪心，多少人因為受你一時的蒙蔽，喪失家園，弄至家破人亡啊，好些有前途的青少年也因你指使而犯法，你實在應該早些退休了，好讓人間的不幸事減少些。」虛心說。

「我們道不同不相為謀，希望你早日培養到其他嗜好，不再以導人貪婪為樂，再見。」虛心說完，作了一個揖，便又上路了。

虛心走了又走，已差不多到黃昏了，他正在欣賞美好而多變幻的夕陽時，遇到了恆心這大個子。

「大個子恆心，你好嗎？」虛心問，但當他細細一看，發覺恆心的大屁股上、額頭上、膝蓋上都貼着膠布，小腿還有斑斑的瘀痕。

「虛心，你好，你看見啦，我近來可不十分好，跌得很慘啊！」恆心說。

「為什麼呢？是不是年老眼花，看不清路呢？」虛心

關懷地問。

　　「你有所不知了，我這個大個子，是最喜歡指導人們往成功之路進發的，多少青年人、少年人因為得到我的幫助，最後成為傑出的藝術家、科學家、文學家和學者。可惜我的重量驚人，人們要捱得苦，心靈才可以有力量背着我走長遠的成功之路。近來許多人因為沒有耐性，只是背一段小路，便把我拋棄了，使我跌得這般體無完膚。唉，這個年頭真是不利於我了。」

　　「為什麼這個年頭不利於恆心你呢？」虛心向恆心請

教。

「虛心，我再接下去說吧。近年的父母因為望子成龍，紛紛把子女送去學小提琴、鋼琴、芭蕾舞、繪畫等，還有兒童電腦班，有些小朋友是被父母強迫的，但大部分小朋友都是貪新鮮，初學時尚有些興趣，沒多久便覺得背着恆心我這大個子很不輕鬆，半途而廢了。他們把我這大個子摔在地上，令我遍體鱗傷，真是苦啊！」恆心無奈地說。

「這麼說，我虛心雖然少人理睬，但比起恆心你時常挨跌來說，算是幸福得多了。」虛心說。

虛心安慰過恆心後，已感到相當疲倦，天上的星星也已從日間的安睡中醒過來，虛心便踏上他的歸途。

朋友，假如他們來敲你的心門，你會讓誰住進去呢？

溫暖城堡

　　在龐大的銀河系裏面的一個小星球上，住有許多原始的部落，這些部落的人，有些住在山洞裏，有些住在茅屋裏，有些住在沼澤區的樹上，也有些住在矮矮的泥屋裏。其中有一族叫沙拉族，是比較文明進步的，他們住在用石塊砌成的堅固的城堡裏，他們聚居的地方叫做「溫暖城堡」。

　　住在「溫暖城堡」內的沙拉族人很幸福，他們在寒冷的日子不用捱凍，又可以吃煮熟了的美味食物，又懂得製造各類的武器，協助打獵和防備其他族人和猛獸的襲擊，因為他們擁有其他族人所沒有的寶物——火。

　　許多年前，沙拉族人和其他族人的生活方式相差不遠，他們都生活在一個沒有火的世界——在白天，男子到野外和森林打獵，女子則採摘水果和取水，他們晚上則縮瑟地圍在一起取暖，日間的陽光一過，那星球便成為一個無光無熱的恐怖空間。

　　在一個奇怪的晚上，漆黑得叫人顫抖的夜空，忽然劃

過一顆燦爛的流星，這美麗的流星着陸的地方，就是沙拉族人聚居地附近的一個很深的大洞，流星墜下那深深的洞後，身上的光輝並沒有熄滅，在洞口熊熊的冒起火光。

　　沙拉族人在夢中聽到隆然的大聲響，都驚醒了。他們見到那洞口噴火的情景，都嚇得目瞪口呆，有些還驚怕得大叫大哭，跪在地上向那火光叩頭，有些則以為那是魔鬼使的法術，用來攻擊他們族人，於是把石頭和武器擲向火

團。

原來那個大洞的底部，不斷有燃油從地層的隙縫滲入，所以不斷的燃燒。那些沙拉族人忙亂懼怕了一夜，見那火光仍然停留在那深深的洞裏，便稍為心安了，他們如常的打獵和覓食，只是避開不走近那火洞。到第二天晚上，他們已不大懼怕那火花，還開始感覺得到那火光令他們在夜裏見到同伴，不像從前那樣在黑夜走動時那般容易撞到大樹或其他人。

阿高是沙拉族人中最強壯又勇敢的男子漢，他因為感到好奇，在流星墮下後的第四天，便走近火洞去探險，他帶備了一枝又尖又粗的樹枝做武器。

阿高走近火洞時，便開始在地上爬行，爬至火洞邊緣他便停下來，雖然那火洞發出的熱和光令阿高渾身是汗，臉也熱得通紅，但阿高決心去認識那奇怪的物體。最後，他爬得很近了，伸出手去接觸那跳動的火焰，他的手本能的很快便縮了回來，他用另一隻手試圖再接觸那火，也是很快便感到痛，要縮回來。

後來阿高用帶來的樹枝拍打那火焰，發覺那些火焰竟附在枝上不走，他雖是用力地揮動樹枝，那些躍動的火焰仍是揮不掉，他只好把樹枝擲向附近的一個小樹叢，不多

久那樹叢也起了火。

阿高感到十分驚異，他坐在地上看着幾十棵矮樹燒成焦黑，就像是被他施了魔法一樣，他走近去看，卻聞到有陣陣香味，原來有一隻住在樹上鳥巢的雛鳥兒被燒成焦黑，附近還有一隻兔子，因為被地上的枯枝勾住了腿逃走不了，也被那樹叢的火燒熟了。

阿高用尖細的樹枝把牠們插起來，湊近鼻子一聞，便狼吞虎嚥的吃起來！阿高一面吃美味的肉，一面便悟出一個道理來：那些跳動的又熱又光的傢伙可以附在樹枝上，而附在枝上的那熱和光又可把食物變得更好吃。

阿高回到族人那裏，便向大家宣布：「各位同伴，那些火光是沒有害的，它不會侵犯我們，它又不離開那洞，我還發現可以用樹枝把那火光帶出來，還可用它來處理肉食，令食物更美味哩。」

沙拉族人對阿高的話議論紛紛，有些還向阿高發問。

「真的嗎？阿高你真的曾走近它嗎？」

「你吃過用火燒過的肉食嗎？」

「阿高，你那尖樹枝也被那火吃掉了，不要神氣編故事來哄騙人，你雖然是族中最勇敢的，但有時遇到失敗，也要承認啊。」

阿高説：「你們當中有不信的，只管拿出勇氣來，跟我去探險，自然會明白我説的是真話。」

後來有十多個沙拉族人隨阿高出發，阿高叫每個人都帶備樹枝和獵回來的野獸的肉，用來試驗阿高説的是否謊話。他們走到火洞旁，試出了阿高説的果然是事實，都品嘗了美味的燒熟了的肉食，大家都認定那火是天賜的寶物，便各自回家，攜帶家人搬往火洞附近居住。

從此，沙拉族人放棄了吃生肉的習慣，他們學懂了用樹枝堆成火爐，在火周圍砌起木架，然後把獵回來的肉放在架上燒，他們覺得燒熟了的肉又香又好吃，比起那些又生又腥的肉不知強多少倍。

除了肉食變得好吃之外，沙拉族人發現自從吃了用火來燒熟的肉後，他們變得強壯有力多了，而且族中也少了許多因吃了生肉而肚痛和死亡的事情。他們養的孩子因有烤肉吃，也沒從前那般容易夭折。

阿高因為有勇氣和智慧，認識了火，又把它的好處介紹給其他族人，受到了全族人的尊敬和讚賞，阿高便成為沙拉族的族長。

有了火這寶物，沙拉族人發展了冶金的技術，他們懂得用火來煉武器，那些鋒利的武器幫助他們捕捉較大的動

物來做食物，他們又懂得用火來鑄造協助耕種的各樣金屬用具，用來代替笨拙的木和石造的用具。漸漸地，強壯而聰明的沙拉族便強大起來，他們生產的糧食和獵來的肉食都有所剩餘，他們用各種方法醃製食物，然後存在倉庫裏，這樣，在寒冷的冬天，便不用經常出外覓食了。為了保衛那些食物和天賜的火，沙拉族人在聚居地的周圍建起了圍牆，以防其他族人偷去食物和火。

阿高當族長當了三十年後便死了，族長的榮譽由他的兒子阿大繼承。阿大遺傳了父親的勇敢和智慧，也遺傳了父親的信念：那火是天賜給他們沙拉族人的，沙拉族的族長和族人有責任保衛它，不容許其他族人佔用。

其他族人經過了許多年，仍是那樣落後，他們知道了沙拉族所以強大起來，是因為有了火這寶物，便千方百計的派人進入「溫暖城堡」去偷火。沙拉族人每天都很小心的保衛那火洞，其他族的族人要接近那火洞並不容易，因為城堡的入口都有守衛看守，就算那些盜火者僥幸能潛近火洞，都很難逃過看火的士兵的監察。族長阿大下令，任何被捉的盜火者都要受火刑，一個一個盜火者都被推下火洞去，永遠沒有機會回到自己的部落。

曾經有幾個部族聯合起來，希望以武力攻打沙拉族，

強迫他們交出火來，好讓其他族人也可以強大發展起來，可惜以他們原始的武器，敵不過沙拉族人用火精鑄的鋒利武器，前來攻打的部隊全軍覆沒。受了這次教訓，其他的部族有許多年都不敢再派人前來偷火或搶火了。

族長阿大的兒子阿明，是一位天生仁慈又慷慨的君子，在他年幼的時候，他見過許多盜火者被捉，又被拋進火洞的情景，感到非常難過，私下他是非常尊敬那些願為族人冒險和犧牲的盜火者的，他暗自許願：將來他成為族長後，一定不會處決那些盜火者。

阿大死後，阿明繼承了族長的職位，在他登位的第二天，他便召集了全族人，在火洞附近，向族人們宣布他的決定。

在正午的時分，阿明站在高高的台上，向齊集的數以千計的沙拉族人說：

「各位親愛的族人，大家都是非常勤勞又聰明的人，我們依靠那天賜的火，得到了溫暖，又可以享受熟食，過了這許多年，它仍然不斷的燃燒。可惜其他部族就沒有我們幸運，他們仍在黑夜和冬天裏忍受寒冷，也只能吃冰凍血腥的生肉，他們的文明遠比我們落後。現在我宣布要與其他部族分享這天賜的寶物，我要送給每個部族一團火。」

　　沙拉族人聽了都交頭接耳，議論紛紛，怎麼可以這樣做呢？每個沙拉族人的臉上都掛起了懷疑的表情。

　　族長阿明早就料到他們的反應，他接着說：「各位族人，你們一定會懷疑我這樣做是不是瘋子，我想向大家解釋，這火不同金子，送了一塊給別人，自己就會少了一塊，我們用樹枝每天不斷的來取火，那火不仍是在那兒燃燒嗎？就像我的爺爺阿高，他發現了火的好處，他並不自私自利，

他把他從冒險中得來的知識與全族人分享，於是大家都懂得利用這火，而爺爺阿高並未有因為與人分享了知識，自己便少了知識，所以我們實在不必再處決其他部族派來的盜火者，明天我便會派遣使者，用樹枝把火送到每個部族去，好讓他們也可以依靠火來發展自己的文明。」

沙拉族人聽了，都被族長的慷慨和聰明感動了，有好些強壯的男丁還自動請纓要擔任使者的職位。

族長阿明吩咐族人準備了十部馬車，上面載滿乾的樹枝，馬車上坐了使者，各使者手上都拿住燃燒的火把，假如火把燒盡了，使者便要燃起另一火把，直至抵達要送到的部族為止。阿明還要使者們教導其他族人如何砌起烤肉用的火爐和木架，如何令火長生，也要指示他們如何用火來鑄造金屬用具，十部馬車便載着阿明族長的禮物向十個部族出發了。

那十個使者都完成了他們的任務，可惜在以後的日子，並非十個部族都享受到火能帶來的好處。

有些部族的人因為懶惰，終日只顧躺在火堆旁睡覺，並沒有發展出什麼文明，他們連烤肉的工夫也不願做，所以他們的孩子仍然很容易夭折，族人也常常因吃了生肉，肚子一痛便死去了。

　　也有些族人因為缺乏族長的指導，加上自私自利，各人都袖手旁觀地等待其他人去加樹枝做燃料，不多久那火便熄滅了，火滅後他們只懂互相指責，至於火能帶來的好處，他們是一點也不曉得的，他們之中有些還懷疑沙拉族送火來是想離間他們族人的感情。

　　當然，也有一些勤奮的部族和沙拉族一樣，懂得利用火來烤肉，用火來取暖，用火來鑄造工具，過了許多年，他們也發展了文明。這些部族永不忘記沙拉族施與他們的恩惠，與沙拉族結成友邦，每年還向沙拉族貢獻他們的財寶和食物呢。

生活故事篇

反斗三星

1. 爸爸的勤到獎

林霖先生是一位好好先生，他在一間銀行裏頭當經理。這一天，他一連忙着辦了好幾件緊急的任務，轉眼已到了下午三時許。

林先生緊握兩個拳頭，舉起雙手伸了伸懶腰，像想起什麼似的，便拿起電話筒，撥了太太的電話號碼。

「喂，太太是嗎？我是霖霖，你今天有沒有用遙遠控制的方式管住家中的那兩隻『小猴子』？」

「唉呀，是呀，我今天下午一直在會議室開會，現在剛好休息五分鐘，我還不曾打電話回家給孩子哩。這樣吧，你代我做一次這種遙控工作吧。」

「唔，這不太好，我是父親，要保持嚴肅形象好些。打電話回家問長問短，太瑣碎了，遙遠控制你最在行，孩子又最喜歡跟你說話。」

「好吧，我打，你不用再給我『戴高帽』，依我說，

你是懶打電話。不再跟你說了,我趕着找你的寶貝。拜拜。」

林太太深深吸一口氣,舒適的坐在辦公椅上,心裏一面想着孩子,一面撥電話回家,嘴角還微微向上,因為在她藍亦玲女士的世界內,孩子就是中心,辦公室裏雖然有一層又一層的「波士」要服從,可是家中的兩個寶貝才是她和丈夫的「真正波士」。

「喂。」電話筒傳來的是孩子的聲音。

「YUMMY YUMMY,我是媽咪。」

「WOOLLY WOOLLY,我是美雲。歡迎媽咪的電話光臨。現在報告家中一切正常,美雲剛放學回來,準備吃過茶點後就開始做功課。婆婆已督促弟弟做完功課,弟弟正在看他最喜歡的《反斗三寶》卡通片。媽咪勿念,報告完畢。」

「美雲,你今年已讀小六,明年就要升中一,要好自為之,基礎打得好,升上中學就輕鬆,還有要多讀點英文書,那些什麼又《YES》又《NO》的閒書還是少看些好。」林媽媽說。

「知道了媽咪大人,還有什麼要吩咐的,假如沒有的話,請你告訴爸爸要他早些回家,我有一個新消息告訴他,

是好消息呢！」美雲説。

「好吧，我要繼續開會了，不再跟你説了，拜拜。」

林太太剛放下電話，身旁的同事便匆匆地走過來，説：
「藍精靈，開會了。」

被人呼喚慣了別名「藍精靈」的藍亦玲深深地吸了一
口氣，隨即又全心地投入工作，快步的跟着同事趕往會議
室。

林太太的會議結束後，她立即通知丈夫，女兒美雲在
晚上將有消息公布，請他早點回家。

「太太，我是很想早點回家的，只是下班後要陪一位
日本客戶吃飯，請你告訴婆婆不用預備我的一份晚餐，我
盡量早點回來吧。」

「我明白，只是怕美雲不明白，我替你解釋一下吧。
你啊，千萬不要作怪，日本男人都不大正經的。」

「太太，你放心好了，你最清楚我是最怕跟女孩子説
話的。除了你和美雲，別的女子我是不會多望一眼的，請
女王陛下不要擔心。」

「不要多説廢話了，早點回來就是。拜拜！」林太太
掛上電話後便離開辦公室，立即跟隨中環地鐵站內的人潮
湧上擠迫的地鐵車廂，不消二十分鐘，她便已回到又舒適

又溫馨的家。為了這個家,她和丈夫努力工作。撫養孩子和家庭雜務,就交託給她的母親。

　　林媽媽用鎖匙打開大門後,便叫道:「媽媽回來了,兩隻小狗在哪兒?」

　　林美雲和林知行聽到媽媽回來,都趕緊到大門扮小狗吠,林媽媽一手抱住一個寶貝,說:「扮狗兒吠是扮得不

錯，明天要扮的可沒這麼容易呢。」

美雲和知行聽到，齊説：「媽媽儘管放馬過來，沒有什麼會難倒我們的。」然後吻了媽媽的面頰。原來這林媽媽每天下班回家，都要和孩子們玩「動物叫」的遊戲，假如她説：「兩隻小豬在哪兒？」孩子們就要扮豬叫，有一次她説：「兩隻小龜在哪兒？」兩個孩子因不知道又未曾聽過小龜的叫聲，惟有齊齊爬在地上，用極其緩慢的動作爬向媽媽，令林媽媽大笑不已。她這個消除疲勞的方法很奏效。經這麼一個遊戲之後，她便把日間繁忙的工作拋諸腦後，整個身心都投入她的家庭。藍亦玲深深地體會到，她和丈夫一定要積極地關心、教導孩子，孩子們才會健康、快樂地成長。

林媽媽想起了美雲下午時作出的承諾，説：「美雲，你今天有什麼消息要告訴爸爸的，媽媽可不可以『先聽為快』呢？」

「好吧，就先把這消息通知你。我今天在學校學會了用幼鐵絲和廁紙做玫瑰花，老師還讚我做得又快又好。我打算多做一些，用來獎勵晚上早歸的爸爸。假如他在晚上八時之前回來陪我們的話，就頒發他一個『勤到獎』——即『美雲牌』的紙玫瑰一朵。」

「唔，美雲你這主意不錯，假如他一星期內每天都在晚上八時後才回來，就連續幾天都沒有勤到獎了，他應該會感到慚愧。媽媽明天就去買一個精緻的小瓶，用來插上爸爸每個月的勤到獎。」

「媽媽你真好。」美雲、知行說。

「可惜，你今天恐怕未能送出第一個勤到獎哩，爸爸今晚約了日本朋友吃飯。」林媽媽說。

美雲和知行頓時拉長了臉。

「不要失望，爸爸陪的是業務上的朋友，也是迫不得已的。你們不要怪他。」

孩子們口裏雖說明白了，但失望之情仍顯現在臉上。

「好了，快去幫婆婆放好飯桌，準備吃晚飯。」林媽媽說。

正當他們開始吃飯時，門鈴忽然響起來，孩子們的眼睛都忽然閃亮了，心想：「莫非是爸爸回來？」

媽媽打開了大門，果然見爸爸笑着回來。

「哈，真好，那日本客戶的老闆突然從日本來了香港視察業務，他要趕到機場接機去，我便可以回來跟你們吃飯了。」林爸爸說。

「爸爸，你『趕時及到』，我們還沒開始吃飯呢。」

一知半解又愛拋書包的知行說。

「什麼『趕時及到』啊？你想說『及時趕到』是嗎？」爸爸說。眾人都笑知行亂用詞語。

婆婆說：「糟糕，我沒有料到阿霖會回來吃飯，恐怕不夠餸菜哩。」

「不用怕，我讓一半餸給爸爸吃。」美雲提議。弟弟立即議和着：「我也讓一半給爸爸。」

媽媽即時轉身往廚房去，說：「你們誰也不用讓，我去弄幾隻荷包蛋出來就可以了。」

美雲說：「現在剛好七時四十分，爸爸你『趕時及到』回來領取你的第一個勤到獎。」

領了勤到獎的爸爸十分高興，說：「我以後一定努力爭取八時前回家來。多謝林大小姐。」

「爸爸，我也有份幫忙家姐做花莖的。」知行抗議說。

「對不起，我不知道，也多謝林二少爺。」爸爸笑說。

此後數個月，林爸爸的勤到紀錄不算好，但他在每月的月中看到小花瓶只插了兩枝紙玫瑰，就知道自己半個月來只有兩天在八時前回家，就會感到內疚，在餘下的半個月便會盡量努力提早辦好公事，盡量減少應酬，爭取在八時前回家。

2. 小小語言專家

小弟弟林知行還是初生嬰兒的時候，很喜歡啜手指和打呵欠。婆婆見了，就皺起兩道幼幼的眉毛說：

「這孩子一定是又好吃又貪睡。」

林媽媽卻留意到林知行打呵欠時讓人見到的小舌頭又長又尖，心裏就說：

「這孩子將來一定能言善辯，是語言專家。」林媽媽把這個看法告訴林爸爸。林爸爸聽後卻不以為然，說：「男孩子生成長舌，會不會像女兒家一樣喜歡說是非的啊？」

這林知行現在已經念幼稚園高班，下一個學年就升讀小一了。雖然他足兩歲入讀幼兒班時還不懂說些什麼話，像啞子一般，可是兩三年間，竟已成了小小的語言專家。他在家中在學校說話不斷，像小鳥一樣吱吱喳喳。有一次知行隨婆婆到郊外親戚的別墅住一晚，家中就只剩下林爸爸、林媽媽和美雲，三個人坐在家中吃飯，那種氣氛非常特別。

媽媽說：「你們有沒有感覺到弟弟不在家時，有種好古怪又似曾相識的氣氛？」

爸爸說：「沒有。不過屋裏靜靜的，跟平常不大同吧。」

美雲忽然叫道：「媽媽，我記得了，似渡假屋啊！」

爸媽一起拍掌贊同，説：「是了，弟弟不在家，那種安靜就像入住了青山灣的別墅一樣。下次最好不要再讓『開籠雀』去渡假了，免得我們幾個寂寞。」

五歲的小知行對語言很有興趣，他特別留意大人說話時的用詞，而且特別喜歡記住那些頗粗俗的廣東俚語，譬如「嘔血」，但他自己在語言上又有特殊的潔癖，不許別人說「屎、尿、屁」三個字。

有一天吃晚飯的時候，知行雀躍地報告一則校園新聞，說：

「媽媽，今日我們班上有一個同學仔嘔血啊，那個大衞仔想哭地舉起一隻手來，用另一隻手指着含着血的口，我見到就大叫：『MISS CHAN，大衞仔嘔血啊！』誰知那MISS CHAN 竟笑了起來，趕快帶了大衞仔去校務處抹嘴。」

林媽媽笑説：「那大衞仔是不是換牙啊？」

知行説：「媽咪你真聰明，怎麼知道啊！後來 MISS CHAN 說大衞仔是換牙，不是嘔血，還說我們一定是看粵語殘片看得太多，那些舊片的主角常患絕症，又常嘔血，看得小朋友以為人是很容易嘔血的動物。」

林媽媽説：「你比較遲熟，還不曾開始換牙，現在你

口中這批牙齒叫乳齒，將來會一隻一隻掉下來，換上新的恆齒。牙齒掉落時會流點血，不能叫做嘔血。知道嗎？」

「知道了。」知行說。

又有一次，小知行聽到家人在數算哪一個月份內有最多位家人生日，他聽到大舅父和三舅父都是二月份出生，就急急地作了結論，大聲地說：「咦，那大舅父和三舅父不就是『孖生』的嗎？」

姐姐美雲就笑他：「你這個知行一知半解，要同年同月同日出生，還要是同一個母親生下來的才算是孖生，知道嗎？大舅父和三舅父又怎會是雙胞胎呢？」

小知行雖然年紀小，卻已從大人的談話和電視節目中多少領略到什麼叫「浪漫」。

有一天一家四口乘車經過九龍塘窩打老道，媽媽見路旁某間別墅的花開得燦爛，便說：「爸爸，將來你如果發了達，可不可以買一間屋給我養老，屋前還要種有會開紫色花兒的大樹哩！」

小知行聽到，便扮起大人的成熟口吻說：「不用這般浪漫吧！」

媽媽立即捏了知行的面頰一把，說：「你這小鬼又懂得什麼叫浪漫？」

「你們大人真是『矇矇奇妙』的，常常以為我們小孩子什麼也不懂。」

姐姐美雲也更正他那個專門濫用詞語的弟弟，說：

「知行，是莫名其妙，不是什麼『矇矇奇妙』，你自己才是矇矇奇妙。」

一般小孩子都最愛聽跟屎、尿、屁有關連的笑話，可是知行這小小語言專家則最愛扮大人，愛說那些「報銷」、「淘汰」、「無修養」等的詞語，除自己不說屎、尿、屁三字外，也禁止父、母、姐姐說這三個字。

有一次在玩家庭棋時，美雲說：「暫停，我要去『疴』尿。」

知行立即指責姐姐：「不行，你講粗口，你應該說要去小便。」

媽媽見知行用手指頭挖鼻孔，想制止他，說：「知行，不要用手指挖鼻屎，髒！」

知行又說：「媽咪你講粗口，你講個屎字。」

媽媽啼笑皆非，說：「好吧，我以後就講『鼻子』，不說鼻屎，可以了吧。」

知行滿意的說：「可以。」

一天晚上爸爸坐在梳化椅上跟媽媽聊天，說：「最近

上班的一位下屬表現甚差，叫他草擬一封回信，竟然寫得狗屁不通。氣死我！」

那位隨時要家人保持語言「潔淨」的知行聽到這個「屁」字，即時指着爸爸説：「哦，爸爸你講粗口。」

爸爸反過來捉着知行的雙肩，説：「這回輪到我捉到你講粗口了，因為你講了『粗口』這兩個字。」

知行説：「哈，爸爸你又講『粗口』喇。」

家中有了這位小小語言專家，林家一家每天都不愁寂寞，因為知行幾乎在所有他懂得或不懂得的事情上都會發表意見。究竟他是能言善辯還是愛説是非，還是有待未來的觀察方可下判語。

3. 遊戲機風雲

林媽媽藍亦玲一直不肯買電子遊戲機給孩子玩，一方面怕他們沉迷，另一方面怕他們玩遊戲機時長期坐在電視機前會損壞眼睛，所以無論孩子怎樣苦苦哀求，林媽媽仍無動於衷。

美雲和知行都是很精靈的孩子，他們見媽媽堅持不買，便向舅父們「進軍」，游説他們買。

約在一個月前，藍亦玲有天下班回家，便發現了她的兩個兄弟已送了一部電視遊戲機給孩子，還已妥當地安插好接連睡房的電視機的線路。

「媽媽，這是兩位舅父買給我做生日禮物的。」美雲開懷的笑着説。

林媽媽雖有點不高興，也只是和氣的説：「大哥、三弟你們為什麼這般破費，買這樣貴的生日禮物。美雲謝過了舅父沒有？」

藍亦玲大概在那時還沒有想到，自己也會成了電子遊戲機迷，要説多謝的除了美雲和知行外，應該還要加上她自己。

美雲這小六學生，手眼都十分靈活，沒多久便能夠掌握到玩各種遊戲的竅門，幾乎沒有一個遊戲可以難到她。

隨機附送的四個遊戲「碟」，她僅過了幾天便差不多打到了滿分。

知行自己雖然不很高明，但很喜歡玩，而且還非常崇拜姐姐打遊戲機的本領。

有一晚，知行因為不大明自「俄羅斯方塊」那個遊戲的玩法，姐姐美雲又在溫習功課準備第二天的測驗，便拉了媽媽來幫忙。

「媽媽不懂得玩遊戲機的，你硬拉我來幫你也沒用。」媽媽說。

知行一面心急地說：「媽媽你是大人，又那樣聰明，一定想得通的。」一面把媽媽拉到電視機前。

藍亦玲只好就範，她坐在電視熒光幕前看了看遊戲機示範的片段，就明白了。

「知行，你只要按這個掣移動積木的上下左右方向，讓積木一件一件的掉下來填滿下面的空位，不要漏空格，那就會得到高分數了。」藍亦玲說。

「對了，我剛才也這樣猜想，媽媽你真聰明。」知行高興地說。

「哎，這遊戲真的很有趣味，讓媽媽示範一次給你看吧。」

這次示範的後遺症可嚴重了，因為藍亦玲發覺自己的得分竟不及女兒美雲，於是又再「示範」多一次給知行看。

藍亦玲連續作了四、五次的示範，仍不想停止。

知行就開始不耐煩地說：

「媽媽，你已示範了好多次了，輪到我玩了吧。我已經明白了。」

「好了、好了，就輪到你吧，媽媽才玩了一會兒，你

真不夠大方啊！」

「媽咪大人，你自己玩得開心就不大覺得時間長，你已經玩這個『俄羅斯方塊』達二十分鐘，我已經等到很睏了。我不玩了，我想睡。」知行説。

「哎呀，原來已這麼晚，你不玩也好，早點去刷牙，然後上牀睡覺吧。」藍亦玲説。

藍亦玲送了兩個孩子上牀後，竟又重新坐到電視熒光幕前，開了電子遊戲機，自己又再玩起「俄羅斯方塊」那個遊戲。

林爸爸回到睡房，很驚異地説：「老婆大人，我不是眼花吧，你什麼時候開始懂得玩電子遊戲機的，我還以為是美雲或者是知行在玩，原來是你！」

「我今天晚上才曉得這玩意，霖霖你也試試吧，很有趣的，我們小時候那有這樣有趣益智的遊戲玩，你不玩是自己的損失啊！」藍亦玲一面跟丈夫説話，眼睛一直沒有離開過熒光屏上一塊一塊掉下來的積木。

「哎呀，我失手了，你不要在我的旁邊絮絮不休地説話好嗎？我快要通過這一關了。」

「但現在已十一時了，你打算玩到天亮嗎？」林爸爸説。

「你放心，我不會玩到天光，我明天還要上班。不過我很想通過這一關。通過之後就會睡，其餘的難關我明天下班回來再應付。你先睡吧。」藍亦玲說。

到藍亦玲躺在牀上，已過了午夜十二時。

這時她很舒服地躺在牀上，房間漆黑一片，身旁的林霖已睡得很熟，在均勻的打鼾。她合上眼睛，本應什麼也看不見，但由於她已坐在電視熒幕前幾乎一個夜晚，所以合上眼時還見到一塊塊不同形狀的積木從上面掉下來。而且腦袋仍在想着如何可以玩得快些、好些，得到最高的分數。

第二天，藍亦玲早上回到辦公室工作時，一打開文件，就感到眼睛澀澀的，眼皮老是想掉下來。她心裏想着：「真是開始衰老了，才打了幾小時遊戲機，眼睛就抗議，今天回家還是跟它疏遠一下好。」

下班後，她果然沒有再接近那遊戲機。吃完晚飯，檢查了兩個孩子的功課，就坐在柔和的燈光下看時裝雜誌。

知行悄悄的拉美雲入自己的房間，說：

「媽媽不知為什麼不去玩那個『俄羅斯方塊』遊戲呢？可能是技術差，通不過後面的難關，所以失去興趣了。」

美雲說：「我想不會吧，你今天下午時不是告訴我媽

媽好『勁』，一玩就玩得很棒嗎？」

　　孩子們當然猜不到原來媽媽不玩電子遊戲機的原因，是因為眼睛不舒服，但是再過了一天，他們就知道，媽媽已經成為了「第三者」，是第三個加入爭玩遊戲機的人。

　　這一晚，知行報告了今日測驗得了滿分後，便第一個走進媽媽的睡房玩遊戲機。爸爸近日已從深水涉出售最多翻版遊戲機帶的商場買了五、六個新遊戲回來。

　　知行剛玩了一會兒，媽媽便走進房來，說：「知行，我再給你五分鐘，之後便輪到媽咪了。」

　　知行有點不甘，說：

　　「媽媽你不可以這樣霸道的。我還沒試玩爸爸買回來的新遊戲，而且我在玩的『泡泡龍』很有趣，你聽聽這音樂多好聽。」

　　林媽媽知道使用高壓政策會引起反感，只好讓步，說：「好吧，多給你十五分鐘吧。打得太久，會對眼睛有害。」

　　這時美雲剛洗完澡從浴室出來，說：「該輪到我玩遊戲機了！」

　　知行說：「你來遲了，我玩完，該先輪到媽咪呢。」他果然守信用，十五分鐘後就輪到媽媽。

　　這位林媽媽坐在熒幕前之後，就興致勃勃地打下去，

沒有停下來的意思。

　她一面打還一面告訴觀看她玩的丈夫和女兒她的心得。

　「你們看，這遊戲真是有益極了，可以訓練你的耐性，還有你的意志。」

　爸爸説：「你真誇張，這難道比看『勵志式』電影還更有益？」

　媽媽説：「當然喇！霖，如果你失了一次手，放錯了一塊積木，只要不放棄，努力小心地繼續玩，好多錯誤是可以改正的。」

　「還有啊！這遊戲跟命運也有幾分相似。像媽媽現在已玩到最高的一、兩關了，光是靠技術一定過不了關，還要靠運氣，因為你不能控制即將要掉下來的積木是什麼形狀，你只能接受。就好像做人和做事一樣，成功或者失敗不能光靠本事，許多時要靠機緣和運氣。」媽媽一口氣説了下去。

　「媽媽你理論真有一套。」美雲説。

　「我説你媽小時候沒有玩過遊戲機，現在堆砌些理論出來做藉口想玩個夠本才是真。」爸爸説。

　怎樣説也好，現在林家一家子都知道媽媽已經成了電

子遊戲機迷。

爸爸想約她周末去看電影，她說：

「不如到那個商場看看有些什麼新品種的遊戲機帶吧？」

有時已打開飯桌，婆婆、爸爸和兩個孩子都坐好了，就只差媽媽。原來媽媽仍躲在房間內打遊戲機。

婆婆說：「霖，我看你勸勸亦玲吧，她現在幾乎比小孩子還有興趣玩機。」

林霖說：「她啊，很難勸得聽。她遲早一定會厭倦的。」

美雲和知行立即說：

「希望這個日子早些來臨就好了。」

「所謂少隻香爐少隻鬼，那時就少了一個人跟我們爭了。」美雲補充說。

「哼，美雲你什麼時候學來這些俗語的？」爸爸嚴厲地說。

美雲嘻嘻的說：

「對不起，是粗俗了一點，從電視劇裏學來的，不是用得很貼切嗎？」

知行雖然不大了解這俗語的意思，也自言自語地學起來：「少隻香爐少隻……鬼。」

媽媽剛巧在這時撲了出來，説：「你們快來恭喜我喇！我藍亦玲已經成功地奪得最高分，我可以吃飯了。」

婆婆説：「你再不出來，我們就不等你先吃了，你跟孩子一樣是反斗星。幸而你們的爸爸正經，不然真是蓋不住你們這反斗三星。」

林媽媽説：「專家説保持一點點的童心可以令人身體健康、精力充沛，你們看媽媽長得多年輕！有些同事還説美雲不像是我的女兒，像妹妹呢。」

林爸爸説：「真不知羞，別人吹牛討你歡喜罷了。」

「知行，美雲，由明天開始，我要和你們玩雙打的遊戲，這『俄羅斯方塊』我再玩也沒意思了。」

第二天，知行和美雲臨睡前便和媽媽一起玩遊戲機。知行選好了一批遊戲和媽媽玩，讓媽媽揀。

「媽媽，我們不會讓你的，贏了你不要生氣才好。這裏有泡泡龍、越野電單車、打排球、孖寶、拆牆工人、所羅門寶藏和冒險隊。」

「好喇，越野電單車喇！」媽媽説。

林媽媽在工餘持續打遊戲機已打了兩個月了。這一天早上她忽然發覺再也不能好好的集中視力在電腦的鍵盤上，便稍有恐懼地跑去看眼科醫生。

　　經醫生的診斷，認為她的視力沒有大問題，只是勸她不要再在下班時頻密地玩遊戲機。

　　醫生說：「林太太，你日間在公司已經要經常面對電腦的熒幕，下班還要玩電視遊戲機，眼睛過度疲勞，自然會有毛病發生。」

此後，林媽媽只偶爾陪孩子玩玩「雙打式」的電視遊戲，而孩子們也樂得與媽媽玩，因為媽媽跟他們的技術差不多，有時媽媽勝出，有時孩子勝出，大家有勝有負，互相炫耀，互相取笑偶然的失手，兩代之間的隔膜完全沒有存在。有些孩子要父母打罵才肯努力讀書做功課，但藍亦玲只要說：

「誰人的功課取得滿分，或者測驗一百分，媽媽就陪誰人玩遊戲機。」

於是，美雲和知行就很聽話，乖乖的去努力溫習了。

4. 中學生大導演

美雲升上中一之後，立即成了大忙人。

林媽媽在開學不久就說：

「美雲，我看你除了讀書溫習之外便是無所不為的。」

林媽媽雖然是誇張了一點，但現在潮流興說話誇張，倒也可算貼切。

開學的第一個星期，美雲便拿着課外活動報名表纏着媽媽。

「媽媽啊！求你指導一下我應該選擇哪幾樣活動可以

嗎？女童軍、紅十字會、科學興趣班、美術學會、烹飪學會、橋牌學會、攝影學會和中文戲劇社我全部都想參加，但學校只准我們選兩項，真令人煩惱。」美雲哀求地說。

身旁的知行聽到姐姐用的「煩惱」二字十分新鮮，便問媽媽：

「媽咪，什麼叫做煩惱？」

林媽媽說：

「知行求求你等一會兒再給我煩惱，我已給你的姐姐煩死了，我解決了你姐姐的問題再來解釋給你聽。」

美雲挨到坐在梳化椅上的媽媽身邊，把那活動的名單放到她眼前。

林媽媽很快地看了一遍，便說：

「不用再煩惱了，你的英文較弱，就參加英文學會和英文辯論學會喇。」

美雲給氣得兩頰紅紅的，說：

「媽媽你真是悶死人，升上中一已經是全盤英文化，除了中文和中國歷史，沒有一科是中文的，我誓死不從。課外活動是用來發展讀書以外的才能和興趣的。你以前讀中學也不會參加這些學會喇。」

「好了，好了，我沒有強迫你的意思，你喜歡什麼就

什麼吧！只要你不要一天到晚追在我身邊要我為你選就行了！」媽媽說。

「這樣吧，就參加紅十字會和英文辯論學會喇！後者合你心意了吧。」

「這樣給媽媽迫一迫，不就下了決心嗎？」林媽媽如釋重負地說，然後轉過頭來解釋「煩惱」一詞的意思給知行聽。

除當了紅十字會會員和英文辯論學會會員外，美雲還獲選為班上的課外活動統籌人。於是一星期裏面，幾乎每天下課後美雲都要留在校內開會、練步操或是進行辯論比賽。

此外，水運會和陸運會分別安排在十月和十一月舉行，因此美雲一周裏面又要加上練游水和練跑步，每個星期的節目都編得密密麻麻。而且因為美雲又報了名在周末上午學普通話，所以稱呼她為「大忙人」一點也不誇張。

有一次爸爸在晚上早歸，要向美雲索取獎品，她竟然打哈哈地說；

「對不起爹咃，我最近忙得要命，下次補回你的勤到獎，最多我的玫瑰做大朵一點，見諒！」

爸爸便問媽媽說：「你女兒搞什麼名堂，我從沒見過

一個初中生這樣忙碌的。」

　　但這只是開始，好戲還在後頭呢。因為林美雲小姐當上了導演，要領導全級中一學生參加級際戲劇比賽。

　　林媽媽知道了這個消息後，便皺起雙眉，説：「林大小姐，你還當上導演？這麼一來還有時間應付功課和測驗嗎？」

　　「對不起，媽媽，我本來沒有意思做導演的。就只怪較早前我寫了一個劇本出來，一羣人開會時説應找一個了解劇本的人來當導演，那幾個同級不同班的課外活動統籌人一致要『抬我上轎』，我便只好答應了。事實上，確是我最熟悉那劇本的內容的。」美雲説。

　　「這麼説，全世界的編劇都要兼任導演喇？」媽媽説。

　　「媽媽你多多包涵，我保證不會疏忽功課的。我們中學生不過是『柴娃娃*』式的做一齣戲出來，不像大人做戲那樣專業，編、導、演都有專人負責。」美雲説。

　　「那你有什麼本事做導演呢？」媽媽問。

　　「沒有啊！不過每位同學都沒經過這種訓練嘛！全靠打『天才波』。」

＊柴娃娃：粵語方言，即隨隨便便、馬馬虎虎的意思。

最後媽媽被美雲説服了，美雲這中學生就憑信心當上了大導演。

當導演選出了之後，第一件事就是找演員。美雲透過同級各班的課外活動統籌人通知有興趣的同學在某天放學後集合。

美雲下課後趕到有蓋運動場，走到樓梯口就見到遠遠的聚集了三十幾位同學；她一面走過去，心裏一面就叫：

「這麼多人想演出。真要命！」美雲自然明白要從幾十人裏頭選出幾個演員是十分困難的事，而且幹不好還會招來仇恨、埋怨。所以她要同學們在報名名單上簽上名字和留下電話號碼後，便通知她們等候消息。

美雲本已是家裏的「電話皇后」，當了導演的美雲更是電話「超霸」。因為同學們報了名參演後，便日夜不斷地打電話來詢問。

「美雲，我是靜珊啊，我想同你講我最渴望做那母親的角色，因為可以罵人。」

「你是哪位靜珊？……噢，是丙班那位是嗎？……好，好，我考慮一下。一定。拜拜。」

美雲剛放下電話，鈴聲又響起了。

「喂，找那一位？」

「我找美雲啊，我是曉明。我想反串做那個弟弟。」

「是嗎？好啊！你平日最像男仔頭，不過我不可以單獨決定誰人當那個角色，要開會決定的。你放心，我無論如何預留一個角色給你。」美雲深知這曉明小姐心胸窄又好說是非，不留一角色給她，肯定要面對許多「後遺症」。但美雲也很清楚，在全級之中，曉明確是口齒伶俐的傑出分子。

婆婆在家也忙於為她接電話，抱怨説：

「乖孫女，勞煩你安坐電話旁接聽你的電話，今天的電話全是找你的，免得我在廳房間走來走去。」

美雲伸一伸舌頭，説：

「婆婆，我知道了。都是那羣『恨演戲』*『恨』到出面的小姐們打來，我也快受不了。」

電話鈴聲又響起了。

「喂，我就是美雲，知道了，你不是已報名參演嗎？過一兩天我們便會通知演員排戲了。」

最後，演員的陣容順利決定下來。令人意外的是，同學們並沒有太大的爭議，起碼是表面上大家似乎都很滿意各個角色的分配；在這方面，美雲確是有點領導才能。對不適合上台演戲的同學，她總會給她們一官半職，道具主任喇、配音主管喇、雜務喇、提場員喇，還把這些幕後工作説得比演出重要十倍。所以同學們就是未能入選做演員，也很熱心投入，為的是要為中一級爭光。而事實上，剛升上中學的小女孩，為了表示自己不是全中學最幼稚的「嬰兒級」，是非常熱衷於爭取打敗高年級的大姐姐的。

＊恨演戲：粵語方言，指愛演戲愛得要命。

有一天，美雲放學回來，時間已是差不多六時了。她像受了委屈地對婆婆說：

「真是氣死我，那些同學都不肯聽話，我教她們這樣演，那樣走位，她們都不服從。」

婆婆說：「你先不用生氣，大不了你便辭職不幹，她們就會怕。我猜她們是孩子氣才跟你抬槓。」

婆婆教給美雲的這一招果然有效，她一說要辭職，個個都變得乖乖的。

過了一天，美雲從學校排戲回來就非常興奮，開心的告訴媽媽：

「今天有老師來看我們排戲，讚我們的故事惹笑、有趣。」

媽媽說：「我讀過你寫的劇本，是不錯的。不過我沒有看過其他的，很可能比你的好呢。」

「我也不清楚高班姐姐的劇本寫得怎樣，不過我已盡了力，我總是覺得我們的戲『搞笑』有餘，教訓不足，我想評判老師一定會較喜歡那些講人生大意義的劇本。」美雲說。

「算了吧，你們才念中一，輸了是天經地義，又沒有人會笑你們。」林媽媽說。她希望不要讓女兒感到有壓力，

她心底裏其實是很欣賞女兒年紀這樣小便有這種承擔責任的勇氣。

美雲學校的級際戲劇比賽終於舉行了。比賽的獎項只有冠軍，沒有其他的名次。結果中一年級沒有奪魁，冠軍屬於中三年級。

回到家，美雲驕傲地説：「我們真的演得不差，有幾處還引起哄堂大笑，我的同級同學説如果設冠、亞、季軍的話，我們可能會入三甲。」

「不要緊的，得獎不得獎並不重要；重要的是你們這羣女孩子曾合力做過一件事。將來想起來，一定覺得好愉快。」媽媽説：「不過，我要求你從今天開始就要努力溫習功課了。」

「媽咪，請放心。我有分數*。」美雲微笑着説。

＊我有分數：粵語方言，指我心中有數的意思。

肥芝的心事

卓芝和美琪雖然是兩姊妹，卻各自遺傳了父母不同的特徵，卓芝今年十歲，妹妹美琪八歲，但從外型看起來，卓芝像比妹妹起碼大了四歲，因為卓芝長得較高大也頗肥胖，很像身裁魁梧的爸爸，美琪卻生得嬌小玲瓏，像媽媽。

吳太太年青時曾學過芭蕾舞，有一次撿舊東西時，無意中找到一雙芭蕾舞鞋和一件舞衣，卓芝和美琪一見到，便嘩然的叫：「啊，很漂亮啊，媽媽穿上給我們看吧。」

「傻瓜，媽媽怎麼還能穿得上呢？自從生下了你們兩個寶貝，媽媽的腰比從前粗多了，留下給你們穿吧，不過……」吳太太頓了一頓，咧開了嘴笑道：「看來只有美琪才合身穿它，卓芝穿嘛，不知會是什麼好笑樣兒哩。」

「我知道。」美琪急急的接着說：「像樓下肥看更穿芭蕾舞衣那樣好笑。」跟着便哈哈大笑起來，吳太太忍不住也笑了出來，卓芝只是鼓起圓臉上的雙腮，不着聲的走開了，嘴裏喃喃有詞：「不穿便不穿，那芭蕾舞衣這麼暴露，露背又露肩的。」

可是，卓芝雖然是這樣安慰自己，但當母親開始帶妹妹去學芭蕾舞時，她也非常妒忌。那個周末的下午，當妹妹興高采烈的蹦跳着離去時，卓芝不知多恨自己一百一十磅的胖身軀呢。

卓芝一向覺得父母親對她們兩姊妹都一般疼愛，並沒有偏心那一個，但自從每個周末媽媽帶妹妹學舞，而留下她在家陪爸爸後，她便覺得媽媽不疼她了。「或許是妹妹長得很像媽媽，比較容易得到她的歡心吧。」卓芝這樣想。

卓芝因為長得比其他同年齡的同學高大，加上肥胖，常被同學取笑，幾個油嘴的同學更給她取花名，例如：肥芝、大隻芝、肥婆芝等，卓芝為此感到很沮喪，她因為不想再被人取笑自己肥，又希望能跟妹妹一起去學芭蕾舞，便決心要減肥。

從此，卓芝雖然每次面對香軟的蛋糕都垂涎三尺，但為了達到減肥的目的，她便盡量抑制自己的食慾。每當母親打開盛着蛋糕的盒子，卓芝總是走開，她母親發覺後覺得很奇怪。

「怎麼啦，卓芝，連士多啤梨忌廉蛋糕也不愛吃，是不是有病？」媽媽問。

「不是，我不想吃是因為吃得太多忌廉蛋糕，吃厭了，

你和妹妹吃吧。」卓芝説完便走開了。

　　坐在飯桌前的卓芝也是無精打采的，她盡量減少吃肉類，每餐飯總是蜻蜓點水式的吃，為的就是想減掉身上的肥肉，可以穿上緊身的芭蕾舞衣，和妹妹一起去學芭蕾舞。

　　卓芝的減肥方法是「內外夾攻」的，除了節食外，她每晚臨睡之前，靜靜的把布帶往腰上纏，把肥腰像紮糉似的紮起來才上牀睡覺。每天早晨起牀前便把腰帶鬆掉，以免母親發覺。這樣過了一個星期，卓芝換校服時發現腰部的皮膚，已起了略呈紅色的摺紋，卓芝偷偷地拿了母親的軟皮尺量了量腰圍，發覺腰圍已從廿九吋降為廿七吋了，卓芝十分高興，減肥計劃顯然是初步成功了。

每天晚上，卓芝把腰紮得更緊，在飯桌上越吃越少，每次她坐在餐桌旁不到十分鐘便離開，像有一個鬧鐘吩咐卓芝雙腳準時走開一樣。卓芝的目標是腰圍減至二十四吋，體重減為九十磅或更少。從此，卓芝開始幻想，自己穿起芭蕾舞衣和舞鞋的美妙姿勢。

卓芝實行減肥兩周之後，便時常感到疲倦，以致整天都憫憫欲睡。老師多次勸她要振作精神聽課，使卓芝的減肥決心動搖，但想到可以穿起舞衣來跳舞，便又堅持下去。一個月之後，她已變得厭食，晚上還夢見一排排的漢堡包攔着她的去路，天空中的雪糕球像石頭一樣向她擲去，香蕉一條接一條的往卓芝嘴裏塞……直至她驚醒過來。……卓芝這時連非常少量的午餐和晚餐也不想吃了，媽媽早已發現卓芝吃得太少，最多也只有以前食量的三分之一。

一個月之後，卓芝終於暈倒了。那是周三的一次體育課，卓芝在玩二人三足的時候，因為過分劇烈，加上營養不足，她噓噓喘大氣，忽然覺得天旋地轉，便昏過去了。

卓芝在體育課上暈倒後，在一個周日的下午，吳太太趁丈夫帶小女兒去探朋友時，便單獨的與卓芝談心，希望多了解女兒的心事。

「卓芝，你為什麼要這樣辛苦的減肥呢？看你把身體

都弄壞了。」吳太太說。

「媽媽，是我不好，請原諒我。」卓芝本來不願對母親說，後來還是慢慢地向母親說出想學芭蕾舞的心事，母親聽後覺得自己也有責任，那一次不應取笑卓芝，便諒解了女兒。

「你答應我，以後要多吃些東西，跟以前一樣。好嗎？」吳太太說。

「媽媽，我答應你，其實我已經嘗試吃多一點，但每次吃得較多便想吐。」卓芝說。

「那我帶你去看醫生吧，但你自己也要注意，不要再怕肥了。」吳太太說。

不久，學校的輔導主任邀見吳太太。

「吳太，卓芝一向身體很好，為什麼最近竟然瘦了起來，面色也不如以前好看呢？」顏主任問道。

「顏主任，卓芝這丫頭，因為想學芭蕾舞，便一心想減肥，好讓自己可以和妹妹一起去上芭蕾舞的課。」吳太太答。

「原來如此，其實卓芝並不算肥胖，而且她四肢很敏捷，一點也不累贅。」顏主任說，「但自從她體重減輕後，便顯得精神不振，據體育老師說，她運動時也缺乏從前那

股勁了。」顏主任補充說。

「我非常感激學校幾位老師都關心我的女兒，最近我也發覺到卓芝的身體消瘦了，便勸告她不要減肥。我曾帶卓芝去看醫生，醫生說她可能患上初期的厭食症。

「現在，一方面要她服藥，另一方面要消除她怕肥胖的心理負擔。我很擔心，因為在外國常有因厭食症而死亡的例子，聽說患上嚴重厭食症的人，到後來想吃東西，也會不能自主的全吐出來，我希望學校可以幫幫忙，勸導同學們別再取笑卓芝肥胖，使得她不再怕身軀肥胖，早日恢復身體健康。」吳太太說。

「可以的，吳太，學校一定會盡力協助卓芝康復的。」顏主任說。

「那就好了，多謝你。」吳太太說完，跟顏主任握過手，便離開學校。

顏主任某日在小息時，分別見了卓芝班上幾位較頑皮而多嘴的同學，勸告他們不要再叫卓芝的花名，同學們都答應了。

卓芝想學芭蕾舞的願望已成泡影，她雖是耿耿於懷，但終於接受了自己肥胖的事實，不再幻想自己當天鵝湖的主角了。

　　她像以前一樣，愛吃牛扒和忌廉蛋糕，飯也吃多了，卓芝像一個洩了氣的皮球，漸漸地重新充氣，健康也就恢復了。

　　兩個月後的一天，卓芝放學後一口氣的跑回家，進門後便四處找媽媽。

　　「媽媽，媽媽，我得了第二名啊，媽媽你在哪兒啊？」卓芝嚷道。

　　「什麼第二名？卓芝，媽媽在房內。」吳太太一面回答，一面走出廳來。

　　「媽媽，我得到了級際繪畫比賽的亞軍。」卓芝興奮的笑着説。

　　「卓芝真威風哩，下次比賽，説不定會得到第一名。」吳太太説。

　　「媽媽，剛才我在回家路上想着，每個周末媽媽帶妹妹去學芭蕾舞時，好不好也帶我到附近的畫室學畫？我明白自己是肥妹，學跳芭蕾舞沒條件；而繪畫方面可能會有點天分。這一次的繪畫比賽，我畫了一隻肥貓，老師和同學們都很喜歡哩。」卓芝説。

　　「好，卓芝，你找到了能令自己和別人都快樂的嗜好，媽媽一定會協助你在這方面發展。」吳太太説。

卓芝從此每逢周末都興致勃勃的和媽媽、妹妹一起出門去學繪畫。到第二年，卓芝果然得了繪畫比賽的冠軍哩。

親善小姐的一天

（榮獲第二屆新雅少年兒童文學創作獎
生活故事組亞軍）

　　美美一踏進課室，便立即放下那幾公斤重的巨型書包，伸直了幾乎壓彎了的脊骨，按摩了幾下痠軟的肩膊。她坐下不久，便聽見課室外走廊傳來陣陣呼喝聲。

「舉手,趴在牆邊,雙腳分開站好,快些,快些!」
是「牛魔王」黃二牛的聲音。「CID 搜身。」

「什麼事呢?阿 SIR,嘻嘻,不用這麼惡的。」是思浩
忍着笑的答話。

「小子,為什麼這麼晚還不回家?有沒有帶身分證?」
牛魔王問。

「阿 SIR,那麼你有沒有證件呢?」思浩問。

「當然有。」牛魔王上次和肥榮玩警察搜身遊戲時被
肥榮問過有沒有證件,所以今次早有準備,他從口袋裏摸
出一張自製的證件,上面貼有牛魔王從舊手冊除下來的半
身照,照片旁邊還寫上探員編號一九九七。

思浩一看,忍不住笑了出來。「阿 SIR,你的證件好像
沒有蓋上警務處的官方印喎!」牛魔王經思浩一問,竟然
答不出話來,結結巴巴地説:「哼,你這麼不合作,不跟
你玩了。」説完便又去找另一個同學玩他的搜身遊戲。

牛魔王的父親是探員,他最崇拜父親,在家裏時常偷
看父親抹手槍和手銬。在他心目中,父親比電視上的猛龍
神探還要威風。

思浩見牛魔王走了,便進入課室。他看見美美坐着,
便記起要向美美請教功課。

93

「喂，親善小姐，昨日老師給的數學應用題做好了沒有？最後兩題我不會做，借你的數學簿看看可以嗎？」思浩問。

美美在班中人緣很好，又肯幫助別人，所以同學們頒給她「親善小姐」的名銜。美美也十分喜歡這綽號，所以別人一叫她「親善小姐」，她就加倍地發揮她的助人性格。

「思浩，你不懂的算題，我解釋給你聽。你搬字過紙的抄了答案，今天雖然有功課交，但到考試也是不懂的。」美美說。

「美美，得了，先借來抄吧。現在還有十分鐘便上課了，你解釋得來我又不夠時間抄，遲些再請教你吧。」思浩說。美美看看牆上的鐘，果然只有十分鐘左右便上課，於是打開書包，取出數學功課簿給思浩。

「謝謝你，親善小姐。」思浩像得到神仙打救一樣開心，謝過美美便拿着她的簿回自己的座位去。

這時已有不少同學到了課室，小琳一回來，便大聲叫嚷：「各位各位，我今天帶了一套魔術回來，你們有沒有興趣看看？」隨即打開書包，取出了她的道具。

同學們像鐵粉遇着磁石般蜂擁至小琳的身邊，美美也不例外，思浩卻仍在埋頭抄他的功課。

「各位，這是一個小盒子和兩顆骰子，一紅一綠。請你們隨便哪一位將骰子放進盒子裏，不要給我看見，我只要聽聽便知道向上的那一面是多少點。」小琳用魔術師的口吻裝模作樣地說。一個男生背着小琳把骰子放好便交回給她。

小琳用右手舉起僅容兩骰的小盒子，有節拍地搖。兩隻大眼睛上下左右轉動，然後又用左手在耳邊搖響那小盒子。說：「你們安靜些，讓我聽清楚。」最後她停止了動作，胸有成竹地告訴放骰子的同學：「紅色的是兩點，綠色的是五點。」同學們打開那盒子，都驚歎於小琳的技法。小琳滿面得意地說：「厲害嗎？我還有一套雙環繩索的魔術，小息時再玩給你們看吧。」

同學們都說好，牛魔王不知什麼時候已回到課室來，搶着說：「小琳，可否借那兩顆骰子和盒子來看呢？裏面一定有機關。」

「借給你不成問題，不過你一定要還的。」小琳說。

美美這才想起思浩借去的數學簿還沒有歸還，便趕忙向思浩索回。這時思浩已抄完功課走過來湊熱鬧。思浩望望自己的座位，慌惶地說：「糟糕了！美美，剛才我確實把你的數學簿放在書桌上的，現在竟然失了蹤，真對不

起。」

「你，你怎麼這樣冒失的啊？」美美焦急地說。課室外剛響起了老師的腳步聲，美美只好趕快走回自己的座位。

美美心裏想：「這回丟了功課簿，沒有功課交了。我不能告訴老師因借功課給別人抄而遺失功課簿的，思浩和自己都會被老師責罵的啊！」美美只好舉手向老師說：「老師，對不起，我忘記帶功課簿上學，明天才交可以嗎？」美美一向都是好學生，考試必入三甲，老師「唔」的應了一聲便不再追究，沒有怎樣怪責她。思浩回頭望了美美一眼，滿是歉意地笑了一笑。

原來在他們鬧哄哄地看小琳表演魔術時，思浩的表弟逸行曾過來找思浩。逸行也是五年級的學生，課室就在隔壁。逸行想問表哥懂不懂那兩條文字應用題，見他和同學們正一窩蜂玩得高興，又見桌上有一本打開了的數學簿，上面正好有那兩條問題和答案。他以為那是思浩的，便拿了回隔壁的課室去抄，抄完卻又來不及交還。逸行想：「只好到小息再還，等回表哥一定罵我。」

其實當逸行拿着功課簿走出課室時，與美美同班的嘉兒正好進來。她看見逸行從思浩的書桌上拿走功課簿，不

過她懶得告訴思浩，後來見美美向思浩索東西，又見美美告訴老師忘記帶功課簿，多多少少也猜到原因了，不過嘉兒一向做人的宗旨是「事不關己，己不勞心」，對同學和老師都很冷淡。她的成績雖然一向都名列前茅，但因性情古怪，又不合羣，同學們暗裏冠以她「性格小姐」的稱號。

嘉兒的本性較為沉默，加上她妒忌美美人緣好，所以每當同學們圍着美美説話時，她寧願獨處一角。美美見她不理睬自己，以為自己一定是什麼時候不自覺地開罪了她，對嘉兒也是敬而遠之。

到了小息，逸行拿着美美的數學簿進來，向美美説：「不好意思，剛才我以為思浩書桌上的簿是他的，拿了去抄又沒有立刻還，到上課時才發現簿上寫着你的名字，十分對不起。」

「真給你們氣死。好吧，我現在拿去交給老師，只好説剛才大意找不到，現在才找到吧。」美美説。

小息之後是作文課，題目是「我的志願」，老師叫幾位同學站起來先説説他們的志願。

美美説：「我要做老師，將來教導小朋友，令他們長大後成為有知識又有用的好公民。」

思浩説：「我要當醫生，醫治人們的疾病，解除病人

的痛苦。」傳來同學們一陣輕微的喝倒采聲。

然後老師叫了黃二牛的名字，當「牛魔王」黃二牛站起來時，周圍的同學便此起彼落的笑着説：「做 CID。」老師着同學們安靜下來後，牛魔王才開口説：「做探員維持治安囉，把壞人拘捕監禁，保護好人的生命財產。」

到「性格小姐」嘉兒要説出志願時，班上的同學都好奇地想知道，因為平日她很少與同學們談天。

「我要做科學家，研究自然世界，做些對人類有貢獻的事。」嘉兒説。同學們覺得這志願很有趣，但又很抽象。因為印象中科學家都是白髮稀疏的老頭兒，總是穿白袍，不知他們實際上做些什麼。不過同學們暗地裏都佩服嘉兒的志願很特別，「性格小姐」果然有性格。

放學時，天色突然轉壞，黑雲密布的天空落下滂沱大雨。許多同學都沒有帶備雨具，只好留下。美美這天要到圖書館當值，到她當值完畢，只見嘉兒一人仍在課室裏。原來嘉兒沒有帶雨具，所以只好等雨停才離去。

美美一面執拾書包，一面在想：「要不要叫嘉兒和自己一塊兒走呢？看來她沒有帶雨傘呢。」

在一旁的嘉兒也在想：「雨下了這麼久還沒有停，美美有雨傘，該不該請美美送我一程呢？」她們的家很近，

相隔只一條街。不過嘉兒想到自己平日很少和美美交往，也很少幫助別人，覺得不好意思開口，況且今天早上明知逸行拿了美美的功課簿卻沒有告訴她，感到有點內疚。

老師這時剛好經過課室，見她倆還在，便說：「你倆怎麼還不走？美美你有雨傘，嘉兒你沒有，不如一塊走吧，你們不是住得很近的嗎？」

美美和嘉兒都很高興老師幫助她們打破了沉默，不約而同地齊聲說：「好的，老師。」

在雨傘下，兩個女孩子開始交談起來。嘉兒說：「美美，對不起，我今早沒有告訴你，我曾見到隔鄰課室的逸行取了你的簿。」

「那是很小的事，你不用道歉，原來你將來想做科學家，你為什麼會想到做科學家的呢？……」美美說。

這天晚上，美美望着窗外夜空上的星星，心想：「今天真好，我又多了一個朋友，連不愛說話的嘉兒也成了我的朋友。原來嘉兒家裏有個小型實驗室，她還邀請我改天去參觀參觀呢。」美美這時發現有兩顆明亮的星星並排着，她滿意地微笑了。

引誘

　　雷小強住在一幢大廈的八樓，每天早上，他和其他住客一樣，乘電梯下樓上學去。一星期裏，他總會有兩、三次遇見住在十二樓的陳先生。

　　陳先生的個子高大，鼻樑上架着一副金絲眼鏡，在一間公司裏面當會計。小強雖然常常遇見陳先生，卻從不認識他，只是認得他的模樣罷了。有幾次他想向他道一聲「早安」，聲音剛要發出來又被吞下肚裏去。幾年來，小強和陳先生從未説過話，偶然小強也會點點頭，但陳先生始終是小強所「熟悉」的陌生人。

　　星期一清晨，小強如常的上學去。今年已是小四的學生，明年便上小五，他覺得自己已經長大了，堅持要獨自步行去學校，不再要媽媽護送，而媽媽也有意讓小強鍛煉獨立的能力，便讓他一個人上學。這天小強又遇到了陳先生，看到他似乎顯得很急躁，一直猛按最低層的按掣，電梯門一打開，他便衝了出去，忙亂之中，陳先生的錢包掉在地上，小強發覺，便彎下身去拾起，正想追上陳先生把

錢包交還給他，但陳先生已坐上一輛的士離去。小強拿着那個錢包，不知如何是好，因為自己也要趕着上學，便把錢包塞進書包，趕去學校再作打算。

小強到學校後，便立即往洗手間躲起來，看看錢包裏面究竟有些什麼，他的心怦怦地亂跳，連手指也有點顫抖起來。他打開一看，原來裏面有九百多元，還有陳先生的身分證和一疊信用咭。這時小強腦子裏閃過一個主意，就是拿去買一套精美的太空基地的積木，他還記得那次跟爸媽去逛公司時，發現了部分積木可配電動摩打的太空基地積木，可惜爸爸嫌太貴不願買。嘩，現在有了這幾百元，可以偷偷地去買了。小強想得飄飄然時，無意間視線竟停留在陳先生身分證的照片上，他那一雙眼睛，一張長臉像是對小強怒目而視，小強不禁打了一個寒噤。

上課鈴聲響起，小強匆匆的跑進了課室。這一天，小強一直在想：把錢包還給陳先生好呢，還是拿錢去買玩具好呢？

小強因為非常渴望有一套太空基地玩具，放學時他並沒有直接回家，而是繞了一個大彎，決定直接到玩具公司去。他在玩具公司裏很快便找到了那套玩具，他從書包裏面拿出了那個黑色的真皮錢包，再從裏面取出了九百二十

元，遞給售貨員，説：「姐姐，我買這套玩具，請替我包起它。」售貨員見他一個小孩子一下子拿出這許多錢，便問道：「小朋友，這些錢是媽媽給你的嗎？」

小強想了一會，便扯了一個謊，説：「是媽媽給我買生日禮物的。」説話時小強低着頭哩。

「啊，原來如此，不過，這套玩具好大好重呢，你會拿得很累的，我看，還是把家中的電話號碼告訴我，我替你打電話，叫媽媽來幫你拿吧。」售貨員説。

「不，不用麻煩了，我——我下次和媽媽一起來買吧。」小強支支吾吾，跟着便一溜煙的離開了玩具公司。

玩具公司的另一售貨員方太，在旁看到這情景。這位方太原來是小強媽媽的朋友，在一星期前才到這間公司做售貨員，小強其實見過方阿姨的，只是剛才太注意那套大玩具，所以沒留意到她。

方阿姨翻了一翻記事簿，找到了小強家的電話號碼，便撥電話跟雷太説：「雷太，你好嗎？我是阿方，剛才我見到你的兒子小強拿着九百多元，到我公司來買玩具，是不是你讓他自己來買的？」

「噢，阿方，我不知道這件事，你真的見小強拿了錢來買玩具嗎？我沒有給過他那麼多錢。」雷太説。

「我懷疑小強偷偷的拿了你的錢來買玩具，所以打電話問一問你的。」方太說。

「多謝你告訴我這件事情，平日這個時候，小強應該到家了，等他回來我問問他，有空再見面吧，拜拜。」雷太說。

小強回到家，剛放下書包，媽媽便從廚房出來，查問他是否有九百多元，又是否曾到玩具公司想買玩具。

「媽媽，你怎麼知道的呢？」小強又驚奇又慚愧的輕聲說，「是的，我曾拿錢去買玩具。」

「那麼錢是從哪兒來的呢？」媽媽緊張的問，「是偷回來的嗎？」

「媽媽，你不要誤會，我沒有偷過錢，今天早上我上學時在電梯裏拾到樓上陳先生的錢包，我一時貪心，想拿拾到的錢去買玩具……」小強吞吞吐吐的把經過詳情告訴了媽媽，「其實我從玩具公司回來時，已經感到後悔了，媽媽，原諒我吧！……。」

「小強，不是自己的東西，不能要，老師不是曾教過你，路不拾遺的人才受人尊重的嗎？假如是媽媽掉了錢包，也希望有人拾到還給我。吃飯後我和你一起上樓把錢包歸還陳先生吧。」媽媽說。

「知道了，媽媽。」小強如釋重負的說，因為這天由早上開始，小強就被沉重的犯罪感壓得喘不過氣來，現在終於可以輕鬆的呼吸了。

這個暑假

六月中，大概是我考期終試的時候，祖母在家中突然昏迷了，爸媽把祖母送到醫院治療，祖母的病情似乎頗嚴重，醫生説要留醫，祖母在醫院住了半個月便離開我們，從此再也沒有回家來。

祖母昏迷那天的情景，我還清楚的記得，那是一個星期六的早上，媽媽往市場買菜，我在家溫習，當媽媽提着一滿籃青菜、魚、肉等回來時，發覺祖母尚未吃早餐，便吩咐我進祖母房間，看看她為什麼比平日遲了起牀。在平日，祖母該在個多小時前就起來了。

我拍拍房門，輕聲説：「嫲嫲，我是芷兒，可以進來嗎？」

房內沒有反應，我輕力的打開了門，赫然發現祖母竟坐在牀邊的地板上，雙眼閉着，好像是睡着了，我連忙告知母親：

「媽媽，嫲嫲像是暈倒了，快來啊！」

母親匆忙的進房來，我們慢慢的扶祖母躺回牀上，媽

媽一面替祖母擦藥油，一面叫我打電話通知爸爸趕快回來。

爸爸十五分鐘後便回到家裏來，他和母親帶着我，把祖母送到醫院去。

我雖然已經八歲，但除了在醫院出生外，長大之後，還是第一次到醫院的病房去。那是白色的世界：白色的牀單、白色的牆、白色的醫生袍、白色的護士制服，還有一股我覺得也該是白色消毒藥水味。有些病牀上倒吊着玻璃瓶，從瓶口引出一條細細的塑膠管，延伸到病人的手臂。

那病房內的病人大部分是白髮的老婆婆，祖母比她們年輕。此時祖母經過醫生和護士的照料，已經開始醒過來了，她的手臂也插着連着玻璃瓶的膠管，我和爸媽站在牀邊注視她。

「媽，你醒了吧，覺得如何呢？」父親問。

「權，我這把老骨頭不中用了，今天早上我醒來，正想下牀時突然眼前發黑，便失去知覺了。」祖母慢慢的説，她的臉色蒼白，卻掛着淡淡的微笑。她的視線往下移，發現我站在她牀邊，高興地笑道：「芷兒，你也來了，快過來。」

祖母一手握着我的手，另一隻手慢慢的撫摸我後腦的頭髮，祖母沒有説什麼，只是望着我笑，我説：「嫲嫲，

你好好休息，養好病後再教我背唐詩。」

「好，芷兒真乖，嫲嫲考考你，現在就背杜牧的《秋夕》聽聽。」

我一本正經的唸道：「秋夕——杜牧——銀燭秋光冷畫屏，輕羅小扇撲流螢。天階夜色涼如水，臥看牽牛織女星。」這是祖母最近教我的一首唐詩，也是我最喜歡的。

「芷兒的記性不差，嫲嫲再教你一首新的。」祖母的聲音帶着興奮。

「媽媽，不要花精神了，好好休息吧，」父親説。祖母像孩子一樣的聽從了爸爸的話，我們便和祖母道別。

自從那次離開醫院後，爸媽沒有再帶我到醫院探望祖母，爸爸總説：「醫院裏病菌多，小孩子最好不要去。」

一天下午放學，前來校車站接我的不是媽媽，而是舅舅，他説媽媽有事趕到醫院去了。看見舅舅嚴肅的表情，我估計大概出了什麼事情了。前一晚我聽到爸媽和大伯、伯母在客廳商量事情的聲音，他們直至很晚才離開。

舅舅帶着我去吃西餐，然後又送我回家，不久，爸媽從醫院回來，他們的眼睛略帶紅腫，媽媽告訴我：「嫲嫲不再回來了，她離開這世界了。」我不知該説什麼話，心裏只重複的問道：「嫲嫲不回來，往那裏去呢？嫲嫲説過回來教我唸唐詩的，難道嫲嫲不守信用？」

可是，我看到疲倦憔悴的爸媽，不敢在那個時候問這些問題，只好似懂非懂的應了一聲：「唔。」

我以為，以後再也見不到祖母慈祥的面容，想不到還有一次機會。

在人來人往的殯儀館裏，我看見祖母睡在靈堂後玻璃

房的牀上，她雙目緊閉，跟平日的樣子沒多大分別，只是面容瘦削了，面頰塗上深紅色的胭脂，顯得不很自然。爸爸抱起我，隔着玻璃看祖母，他自己流了滿臉的淚，我不知不覺的也淚盈滿眶，我叫爸爸不要哭，爸爸為我擦快要掉下來的淚珠。

媽媽並沒有到殯儀館來，因為媽媽懷孕了，親友們說，媽媽最好不要到殯儀館一類地方去。

家裏的牆上，在爺爺的照片旁邊掛上了祖母的半身照，大人說，祖母和爺爺團聚了。我們一家由原來的四口減為三口，但母親明顯地隆起來的肚子，意味着這三口之家，很快又會變成四口之家了。

到我快要放暑假的時候，母親的肚子像加上了竹籮一樣大，行動緩慢又容易感到疲倦。學期的最後一天，住在新界鄉村的姨媽，帶着兩隻橙紅色的木瓜來探望我們。

「芷兒，姨媽摘了兩隻已熟透的木瓜來送你，味道很甜美的，你想吃木瓜牛奶？」姨媽說。不錯，木瓜先打碎再加鮮奶是我最愛吃的甜品，姨媽總是照顧我的饞嘴，每次來，都帶給我喜歡吃的東西。

「二妹，再過半個月，嬰兒就要出生了，你一定又忙又累。芷兒明天開始放暑假，你讓芷兒來我家住一個時

期吧？一來她可以和兩個表哥一起玩、一起溫習，二來你這段時間隨時要到醫院去的話，也不用擔心照顧芷兒的問題。」姨媽說。

我邊喝木瓜牛奶，邊聽姨媽說話，興奮得跳了起來。家中一直只有我一個孩子，每次我到表哥家去玩，或他們到我家來，我都捨不得和他們分別，想到可以和他們一起過暑假，真開心得難以形容，我用充滿希冀的眼睛望着母親，看她如何反應。

「大姐，怎麼好意思打擾你呢，我現在已準備請一個菲籍女傭來幫我，到時便有人照顧芷兒了……」媽媽回答着。

「媽啊，讓我去吧，我會聽話的，不會麻煩姨媽的，我會自己洗澡、換衣服、收拾睡牀，還可幫姨媽澆花……」我插嘴說。

「二妹，你不用客氣了，芷兒很乖，我常常渴望有一個像芷兒一樣聰明伶俐的女兒，你允許她來陪陪我吧，我兩個兒子也最歡迎表妹來住，就是要他們兩個服侍表妹，他們也是求之不得的呢。」姨媽說。

「姨媽，我不用別人服侍的，媽，你答應吧。」

媽媽考慮了一會，說：「好吧，住一個月左右便回來，

不要住得太久。要聽話,否則,讓你立即回來,明白了嗎?」

我猛點頭。

姨媽住在郊外鄉村的一間石屋裏,周圍有許多空地,園內大大小小的樹木有三十多株,它們大部分是果樹,像芒果樹、龍眼樹、番石榴樹、楊桃樹,當然還有我最喜歡的木瓜樹,屋後的山邊有一小片農地,種着些節瓜、白菜等。

暑期的第二天,我便提着小型旅行袋,由爸爸陪着,乘火車到姨媽家小住數周了。

兩個表哥見到我都很高興,我們一起打球、騎單車、看電視,說也奇怪,和他們一起看電視有說有笑的,覺得節目比平日在家看的有趣得多。每天我們吃過晚飯之後不久,姨丈便要我們三個孩子上牀睡覺,要我們培養早睡早起的習慣。

第一天晚上,我躺在牀上許久仍睡不着,可能是不習慣躺在掛起蚊帳的牀,也可能是屋外蛙兒的叫聲令我不安,我掛念快要生孩子的媽媽,因為這個月來,我每天晚上都為媽媽按摩過累的腰,沒有我的按摩,不知媽媽是否睡得好呢?

後來我模模糊糊的便睡着了，在夢中我見到祖母，她對我說：「芷兒，嫲嫲從前是在鄉村長大的，鄉村真是個好地方，是孩子的開心地，從前我……」

睡醒的時候，已記不起祖母還說了些什麼話，只是隱約的記得她慈祥平和的笑容。

第二天大清早，姨媽便叫醒我和兩個表哥吃早餐，接着便是做暑假作業，姨媽規定我們每天要先做完「正經事」──即溫習功課，然後我們才可安排一天的活動。起初我們最熱衷於捉蝴蝶和捉山溪裏的小魚，兩者相比，我較喜歡捉魚。

我們三個人每人手拿空汽水罐，雙腳插在一呎深的冰涼的溪水裏，彎下身用罐子捉魚，我這從九龍來的女孩，

費了不少氣力，仍是一無所獲。

「芷兒，只要把罐口正面向着那些小魚，牠們便會自動游進罐裏的，不過要避免大動作，否則會嚇走牠們。」大表哥說。

「哎喲，真好玩啊，表哥，我捉到一條很大的。」我叫道。

「真的嗎？我捉到的幾條都很小。」

大表哥說。

「表妹，不要神氣，我捉到一條『大肥婆』，足有兩吋半長。」二表哥在前頭說。

「表哥，不如我們試試比賽一下，待會回去，大家把魚放出來比較，看誰捉到的大。」我說。

回到屋裏，我們每個人拿了一隻大湯碗，把捉到的魚全數傾倒出來，結果我這「九龍妹」勝出，不過只贏了「牙較」，沒有獎金也沒有獎品。比賽完畢，姨媽說：

「你們把這些小山坑裏的魚折騰了這麼久，既然已分出勝負，還是把牠們放回山溪去吧，山溪裏的小魚不斷繁殖，可吃掉不少蚊子的幼蟲，這樣，周圍便會少了許多蚊子，我們便不用『餵蚊』哩。」我們想想，覺得很有道理，便依姨媽的話，把二十多條小魚兒放回山溪裏。姨媽特別

吩咐我們，一定要把大的放回去，因為牠們很快會生下大
羣小魚。

後期我更熱衷於種花，我幫姨媽播花種、插枝、淋水
和噴殺蟲劑，姨媽種的花很多，包括大紅花、菊花、玫瑰、
勒杜鵑和各種蘭花，它們的顏色姿態各異，是姨媽的寶貝。

此外，我又幫姨媽摘下熟了的楊桃，每天都像上自然
課。才半個月的光景，我的皮膚已曬得又黑又亮，體重也
加了五、六磅。

「姨媽，為什麼那些蝴蝶會躺在地上不動呢？」我問。
石屋旁的空地上，常見有蝴蝶躺着不飛，不一會便見到牠
們美麗的蝶衣裂得一片片，散在空地的四方，真叫人傷心，
美麗的蝴蝶也要死，就像祖母，她那樣慈愛善良也要死，
將來爸媽要離開這世界，甚至我自己也是會死，這世界真
奇怪。

「芷兒，每樣生物都有一定的壽命，但奇妙的是每種
生物都有牠自己繁殖的方法，所以有些蝴蝶死了，這世界
仍然有那麼多美麗的蝴蝶，花謝了又有新的花蕾，我們的
父母經歷生、老、病、死的旅程，我們也會經歷到生、老、
病、死。」姨媽說。我雖不很明白姨媽的話，不過，姨媽
種的大紅花真的開了又謝，散了一地，但飽滿含苞的花蕾

又掛滿枝上。

有一天，大表哥蹲在地上全神貫注的看着一片樹葉，我走近去，發現他原來在觀察一條綠白相間的毛蟲在葉上爬行，我初時很害怕，後來發覺牠的動作頗有趣，那綠和白都很奪目。

「表妹，不用怕，你不是説過很喜歡蝴蝶嗎？這條毛蟲很快就會變成色彩繽紛的蝴蝶了。」表哥對我説。

「真的嗎？」我蹲下來細看那毛蟲，真難想像有朝一日牠會變成彩色的蝴蝶，大自然裏的變化真是個謎，看着看着，我覺得那毛蟲一節一節的身軀向前移動，既笨拙又滑稽，牠漫無目的地在枯葉上蠕動着，我和表哥也漫無目的地蹲在那裏看着牠，發覺雙腿有些發軟時，一小時已溜過去了。

姨媽的果樹雖然不多，但我幾乎每天都可嘗到不同的鮮果味，新從樹上摘下來的楊桃和龍眼，跟媽媽從市場買回來的，確有很大的區別。

我建議姨媽用刀把楊桃割成橫切片，那些新鮮香甜的楊桃，便變成片片如碧玉的「星星」，我把透明帶綠的「星星」放入大水杯，加上冰塊和糖水，便成了「綠星果冰」，坐在樹蔭下嘗着鮮果，看姨媽和我一起種的菊花又開了，

真是愜意。

　　一天晚上，吃過晚飯後，我們正在廳裏看電視，我突然發覺大門旁邊有一點會動的發光體，我以為自己眼花，便對表哥說：

　　「表哥，看看門旁有些什麼？會發光似的。」

　　「啊，是螢火蟲，很久沒見過了，表妹快來看。」二表哥搶着説。

「什麼，螢火蟲，是真的嗎？」我這「九龍妹」興奮的叫起來，在石屎森林裏長大的我，從沒見過真正的螢火蟲，雖然祖母教我唸的唐詩有說：「輕羅小扇撲流螢……」也只是在圖畫中看過，想不到，竟真的能看見這小動物。

那會飛的小蟲，外型像蜜蜂，只是那尾部好像裝上微型電燈膽，一閃一閃的發光，我很高興有機會來鄉間小住，我想一定有許多同學從未見過螢火蟲。那一晚，我興奮得幾乎睡不着。

在鄉村小住的日子，差不多每天都有新發現，新經驗，我每天都打電話回家，向爸媽報告。

星期日爸爸來姨媽家探我，我也和姨丈、姨媽回家去探望快要生產的媽媽。

愉快的日子像夏日吹過的涼風，不嫌它多，只嫌它太快就過去了。我在姨媽家也住了差不多一個月，媽媽生了一個小弟弟，身體也逐漸復原。媽媽建議我回家，我雖然捨不得，但遲早總是要回家的，事實上，我也很掛念爸媽，謝過姨丈、姨媽和兩個表哥的照顧，我便攜着旅行袋，隨爸爸回九龍的家。

回到家，發覺祖母從前住的房間，已布置成一嬰兒房，

房內的小牀上躺着我的小弟弟，他正在安靜的睡覺，我望着他的臉，他突然微笑起來。

「媽媽，BB笑哩。」我説。

「芷兒，不要吵，弟弟剛睡呢。」媽輕聲説。

我只好退出弟弟的房間，我終於成為姐姐了，小弟弟雖然沒有祖母呵護，卻有我這個大姐姐愛護他，待弟弟長大，我一定帶他到姨媽的鄉居教他捉魚。

過了暑假，又是新學期的開始，在第一次的作文課上，語文科老師照例又要我們以「這個暑假」為題目寫作文了，我不用花很大的氣力，便完成了這篇文章。

我寫道：

這個暑假跟以往的幾個暑假沒有什麼不同，只是，我親愛的祖母去世了，媽媽為我生了個小弟弟，我還在新界的鄉村住過，在那裏，我第一次親眼見到了真正的螢火蟲……

離家出走記

「若不是考試時做漏了幾條題目，今年的英文科成績想必能勉強合格吧，唉，今次想不被學校開除也不可能了。」志誠手拿着成績表在想。志誠自從升上四年級後，英文考試從未合格過，在期終考試前，母親囑咐他：「志誠，你在最後一次英文考試中一定要拿高分，才可以與上學期的低分扯平，好得個合格。要不然，你執包袱出街做乞丐好了，英文科都不合格，爸爸媽媽的臉都給你丟光了。」志誠的父母都受過大學教育，現在幹的職位不高也不低，他們對志誠的功課十分緊張。其實志誠的功課並不差，除英文外，每科起碼拿它八、九十分，但英文總是考不好，尋根究底，志誠之所以在英文科得低分，是因為心情太緊張，越緊張就越大意，常在考試時大草寫了小草、或忘了在眾數名詞後加「S」字母，給老師扣去不少糊塗分。

志誠期終考的英文科成績只得六十三分，雖然合格，但與上學期的四十八分加起來平均計算，仍是不合格，班

主任在成績表上註明可以試升五年級，但若升級後英文科的表現差的話，要降回四年級。志誠拿着這樣的成績表，心也沉了，回到家便準備離家出走，因為他想到，爸媽回來遲早要趕他走的。

　　志誠吃過菲籍女傭煮的午飯，便在衣櫃找出背囊，在裏面放了幾件衣服、兩部電子遊戲機、三本漫畫故事書、八達通儲值車票、從撲滿取出的五百多元、一大排巧克力和一壺水。志誠是最愛吃巧克力糖的，此外，他覺得離家

出走跟參加學校旅行一樣，飲用水是不可缺少的。

正當志誠在執拾東西時，住在下面兩層樓的同學偉明打電話來找他。

「喂，是不是黃志誠啊？我是何偉明啊。」

「我是，偉明你有什麼事呢？」

「黃志誠，今次我死定了，剛才回家後因好奇試用爸爸的轉盤流聲機聽舊唱片，那知一個不小心把爸爸的古董唱盤上的唱針弄糟了，整支唱針跌在唱片上，還劃了一大條直紋在上面，今次爸爸回來一定會把我吊起來打，他吩咐過我不許動他的寶貝音響器材的，志誠你可不可以借錢給我買一個新的呢？」何偉明焦急的説。

「那要多少錢呢？」志誠一面問，一面摸了摸背囊內的五百多元。

「我也不曉得，大概要七、八百元吧。」偉明説。

「偉明，我沒有那麼多錢啊，只有五百多元。」志誠望了望聽不懂廣東話的菲籍女傭，輕聲的説：「而且那些錢是我準備離家出走後用的。」

「什麼？志誠你要離家出走？」偉明驚奇地説。

「是啊！我的英文科不及格，爸媽一定會趕我出街的，我只好趁他們未下班回來前先走，免了一頓罵，偉明，不

如你跟我一起離家出走吧。」

「這個，我們出走後去哪兒吃飯呢？」

「不用擔心，我有五百多元，可以去快餐店買飯盒吃。」志誠答。

「那麼我也跟你一起走吧，媽媽生了四個孩子，就算我走了，她還有三個哩。」偉明說。

就這樣，兩個男孩子相約好半小時後在街尾的快餐店見面。

兩個小男孩在快餐店見面後便商量下一步，起初他們不大開心，因為想到以後再也見不到爸媽了，偉明想起媽媽做的美味豉油雞，辛酸得想落淚。

「我們現在離家出走，要走遠些好，不然遇上爸媽要被打的。」志誠說。

「那麼去那兒好呢？」偉明問。

「去東涌吧。地鐵車廂內的路線圖指明那是一個終點站，我們從灣仔乘地鐵去，要經過十多二十個站，一定是很遠的地方。」志誠說。

「好啊，不如我們先在迪士尼樂園站下車，先玩玩再去東涌吧。」偉明說。志誠立刻贊成。

志誠的爸媽下班回家發覺他失了蹤，衣櫃少了幾件衣

服，廳中沙發椅上則放了一張成績表。志誠的爸爸一見成績表上不合格的英文總分，便猜到兒子準是離家出走了，對志誠媽媽說：「都是你不好，兒子的成績差一點便大聲罵他，又亂說要趕他出街，現在志誠一定是走了，快打電話到親戚朋友家找他吧。」

志誠媽媽也慌張起來，自言自語說：「難道那傻瓜真的離家出走？唉，罵罵他便當真的。」不過她心裏確是有點後悔，平日因為他英文成績差把他罵得太兇了。

當志誠媽媽打電話到偉明家時，知道偉明媽媽也正在四處打聽兒子的下落，雖說是家醜不宜外傳，但兩位媽媽都即時同意要報警。

話說志誠和偉明乘地鐵由灣仔抵達迪士尼樂園，便立即買票入場，他們玩了巴斯光年星際歷險、飛越太空山、小熊維尼歷險之旅等，又在園內蹓躂了一陣子，已經是黃昏日落了，他們覺得有點餓，便買了兩個大漢堡包和兩杯汽水充飢。見到身旁的孩子都有爸爸媽媽照顧，就開始想媽媽了。

「我真想看電視啊。」偉明說。

「我們現在要自立了，明天就去找屋住找工作做，賺了錢才買電視機。」志誠說，「現在我們先找個地方睡覺

吧。」

　　兩個小孩商量過後，便打算在樂園車站附近的長椅上睡一晚，那知樂園的護衛員發現了這兩位男孩，他説：「這麼晚還不回家？快些回去，爸、媽找你們哩。」兩人只好離開。

　　志誠也真的想家，還閃過讓爸爸打一頓也就算數的念頭，但又不好意思説出來。

　　於是兩人便躲進洗手間，過了很久，心想護衛員應已離開，便找到樂園內一個較隱蔽的角落，一同睡在長椅上，

125

志誠說：「不如今晚暫時睡這兒吧，明天我們再找住的地方。」

那一夜他們用背囊作枕頭，睡在樂園的長椅上，幾次睡熟了都被陣陣涼風吹醒，志誠望見四周黑漆漆只有樹影在動，想起了日間在樂園見過的卡通人物，心裏既興奮又害怕，小腿還給不知名堂的蟲咬得又癢又痛，志誠開始懷念家中溫暖的枕頭和毛巾被。

太陽出來了，樂園內的花草樹木和早來的旅客都沐浴在陽光中，他倆起來擦了擦眼，到洗手間梳洗完，便到大餐廳找吃的。吃過西式早餐後，志誠和偉明便開始找工作做，不用說，當然是由他們光顧的大餐廳問起。他們向櫃面的職員表示要找工作，那職員見他們身負背囊、頭髮零亂、又要找工做，便猜到發生了什麼事，心想準是離家出走的。

見到滿面笑容的經理，志誠問：「你們要不要請服務員啊？人工少少就可以了。」「但最好讓我們住在樂園，也供給我們早、午、晚三餐。」偉明補充說。

那經理很有耐心的問他們為什麼要找工作做，又直接問了他們為什麼要離家出走，他們也老實的回答：「我的英文科成績不合格。」「我弄壞了爸爸的音響器材。」

　　經理微笑，説：「好，我會考慮考慮。請你們先來我的辦公室填些表格。」安頓好他們後，經理又詢問了他們家的電話號碼和地址，説是例行公事，做紀錄用的。之後就離開小房間，叫他們在裏面等候派發工作。

　　一小時後，志誠的父母和偉明的爸爸趕到大嶼山的樂園來，兩個男孩子見了親人，都忍不住流了點淚，而三個家長前一晚因擔心小孩徹夜未眠，眼睛也布滿了紅絲。那經理説：「你們快些回家睡一覺吧！小孩子，看，你們的爸媽其實都很疼你們的，他們已向我保證不會打也不會罵你們的，好好回家吧。」

　　志誠和偉明同時低下頭，不敢望爸媽，輕聲的説：「以後不再離家出走了。」

　　志誠心想：英文科，我不怕，外面會咬人的蟲蟲我才怕。偉明心想：做錯事就要認，是時候向爸爸認錯了！

「SORRY」雀

（榮獲第一屆新雅兒童文學創作獎生活故事組冠軍）

黃小明是班上頗為突出的一個學生。

他有一雙明亮的大眼睛，長長的睫毛；大大的嘴巴，使人印象難忘；經常活動的兩片嘴唇後面，藏着兩隻大板牙。在小五的班上，小明的個子算是頗高的，但使他成為班上「突出」人物的，並不是他身體的特徵，而是他隨時道歉的習慣。同學們給他起了一個綽號——「SORRY」雀。

小明每次做錯事，作弄了別人後，總是毫不猶疑地在第一時間內向人道歉。但他許多時並不真心認為對不起別人。每次他道歉，總是嬉皮笑臉的；不過，大部分人見他既然道了歉，便原諒了他。有時小明還加上幾句：「我已經道了歉了，不要再追究了。」或者言不由衷的說：「是我不對，我是壞蛋，……」使被他欺負的人哭笑不得。

對同學，對長輩或妹妹，小明一樣愛耍弄他道歉的「本領」。例如有一天，小明拿了媽媽的美容皂給他飼養的小白兔洗澡，一件昂貴的美容皂只用剩一小塊了。媽媽發覺

後當然大發雷霆，但他忙着跪地求饒：

「媽媽，對不起，一千一萬個對不起。我忘記了那是你的美容皂，我嗅到它的味道好到不得了，也想小兔子洗澡後香噴噴的，便拿來用了。」

媽媽抱着「知錯能改，善莫大焉」的想法，便饒恕了他，説：「小明，媽媽這次原諒你，若再有第二次可一定要重罰了。」小明聽見，心中還沾沾自喜，想：「道歉這回事真有效，做起來又不怎麼困難，卻常常可助我脱身。」

第二天晚上，小明發覺浴室的小肥皂盒裏又有了一件新的美容皂，心裏想：「其實媽媽昨天發脾氣真是有點小題大做，大不了另買一件新的。」另一方面又盤算着：

「怎樣處置這件美容皂呢？不如拿它來浸水，使它變成肥皂水，然後拿枝吸管來吹泡泡，讓香噴噴的泡泡滿天飛……」想着，想着，小明興奮得哼起歌來。

小明的歌喉是不錯的，聲音洪亮，咬字又清楚，每次上音樂堂，他都張大嘴巴，舒展歌喉。但他總愛跟老師鬧着玩，有時碰到歌曲上有「啦啦啦」的歌詞，他總愛把「啦啦啦」唱成「卡卡卡」，像跟着音樂咳嗽似的，若遇上「唏呵唏呵」就唱成「哈吾哈吾」，像一個人在打呵欠。

每逢老師警告同學不要胡鬧，要專心唱歌，小明都勇

於道歉:「對不起,老師,剛才我喉嚨塞住,所以要咳嗽。」

在音樂課上,小明這「SORRY」雀愛搗蛋;但上其他科目的課,他倒是頗專心的:總會睜大眼睛,全神貫注地聽老師授課。但一下課,小明又會展示自己的「SORRY」技巧,找機會戲弄同學。又如他小息時覺得無聊,便突然故意撞在大近視小安的身上;小安雖未致跌倒,但也因為突然失去重心而大叫,狼狽地用手扶穩他的眼鏡。這時小明便很高興地向小安道歉:「對不起,我不是有心的,剛才不知為什麼鞋底一滑,竟撞在你的身上來,I am Sorry!」

小明就是這樣喜歡作弄人,覺得這樣做,就像佔了別人便宜似的,他並不明白作弄別人,是絕對損人不利己的。

由於小明的道歉「本領」運用得太多了,已有部分同學不再接受他的道歉,而小明有時也會因「絕招失靈」而吃到苦頭。

譬如那次上美術課,小明見隔行一位女同學的水彩畫畫得很美,便悄悄地拿着自己蘸了顏色的畫筆,在她旁邊走來走去,趁女同學一個不留神,便故意把畫筆掉在她那幅美麗的風景畫上。綠綠的草地赫然多了一大筆深褐色,女同學非常憤怒。小明當然也是在第一時間道歉,但女同

學竟氣得流下淚來，哭着要向老師報告。

　　老師知道後，立即安慰那位女同學，又懲罰小明要他在兩天之內畫三張風景畫交回來，然後老師幫助女同學把那團深褐色改畫成一隻牛，女同學才不再哭。

　　小明其實並不是壞心腸的孩子，只是愛作弄別人。他最愛看別人狼狽的樣子。他的妹妹小芬，就常常成為他的「目標」。小明有時喜歡把妹妹的功課簿藏在自己的書包內，到妹妹臨出門上學，發覺書包內沒有功課簿，氣急敗

壞四處尋找的時候，小明才慢吞吞地把它們拿出來，說：
「哎，不知怎的，你的功課簿竟然跑到我的書包裏來了！」

　　小芬知道是哥哥的惡作劇，便又跳又叫地要打他，嚷
着：「哥哥，又是你作怪，你好壞！」小手已拍到小明的
頭上。最後還是媽媽勸道：「算了吧，校車快到了，還不
快出門？」小芬才悻悻然和小明出門去，沿途小明拱手彎
背、嬉皮笑臉的不斷地說：

　　「對不起，不好意思，SORRY，下次不敢了，⋯⋯」
小芬卻別過頭來不理睬他，任小明對着她的牛角辮道歉。

　　小明這隻「SORRY」雀，一直以道歉來欺負別人，以
為肯道歉便能推卸責任，直至有一天⋯⋯

　　那是一個晴朗的星期日，爸爸、媽媽帶着小明、小芬
兩兄妹，到城門水塘郊野公園野餐。沿途的風景，在燦爛
的陽光照耀下，顯得特別明媚。他們一家四口踏着滿是鳥
語花香的行人路，步行了一個小時，才稍稍覺得疲倦，便
在一片樹蔭下，圍着一張較為清潔的長木桌坐下，一起吃
帶來的三文治和媽媽巧手調製的鹵水雞翼。

　　小明照例要欺負妹妹，見她手上的一隻雞翼較大，便
搶了過來，說：「你有沒有聽過孔融讓梨的故事？你應該
把大雞翼讓給哥哥吃。」話未說完，他的兩隻大板牙已咬

在搶來的雞翼上。小芬氣得紅了臉，媽媽見了，責備了小明，也勸小芬不要和頑皮的哥哥爭。

　　吃過豐富的午餐，他們便踏上歸途。遠處水塘邊的小山丘，藍藍的像一堆堆染色的海綿，近處路旁樹上的新葉又那樣鮮綠。媽媽一邊走，一邊向小明和小芬解釋「枯木逢春猶再發，人無兩度少年時」兩句詩的意思。小芬聽了媽媽的解釋，便想起了一首歌，説：「媽媽，我最近學了一首歌，意思好像跟你那兩句話很相似呢，我唱給你聽好不好？」媽媽點頭，小芬便唱起來：「光陰好，光陰好，我們讀書要趁早，莫道光陰時常在，轉眼就會老，光陰好，光陰……」

　　小明在旁覺得很悶，趁媽媽專心聽妹妹唱歌，便模糊地説了聲：「爸爸、媽媽，我走快兩步。」便恃着認得原路，走快了許多，雖然媽媽叫着：「小明，不要走得太快，當心前面的斜坡很陡啊！」但小明並沒有把媽媽的話聽進去。

　　小明繼續向前走，忽然看見前面小橋下面有條一引水道，便想：「橫豎他們走得這麼慢，不如到下面玩玩水；説不定玩完再上來，他們三人還沒有到呢。」於是小明彎低了身，大腿先一探一伸的，便沿住路旁的斜坡爬下了引水道。他脫掉了涼鞋，坐在大石上，把一雙腳板插進水裏。

小明感到非常暢快，他望着清澈的流水，看見一羣小魚兒游來游去，非常興奮，便四處找尋汽水罐或玻璃瓶，好用來捉幾尾小魚帶回家。不知不覺間，小明已從引水道往下面走了十多步。

這時爸爸、媽媽已加快了腳步趕上來。爸爸走到小橋邊，見小明已走到了引水道的遠處，便走下引水道，喊着說：「小明，快上來，這兒的石頭又圓又滑，很易跌倒的，小心慢慢走回來。」

爸爸小心翼翼地一步一步行近小明，小明突然指着自己身旁的石堆，叫道：「有蛇啊！」爸爸聽見叫聲，急急撲前想抱開小明，竟然一失足整個人滑倒在引水道的亂石上。媽媽和小芬驚叫起來，小明趕忙衝過去扶起爸爸。他看見爸爸滿口鮮血，嚇得面色蒼白得像紙一樣，連一句話也說不出來。

見到這情景，小明心裏極想說的，就是「對不起」三個字。但他覺得這句話如果出自他的口，已沒有什麼意義了，只有沉默不說話，讓臉上的表情一筆一畫地描畫他的歉意。因為根本沒有蛇，小明只想戲弄父親，看他有什麼反應。

這時媽媽已在很短的時間內找到了漁農處的職員，召

了救傷車，把爸爸送到醫院去。

　　爸爸進了醫院，在那兒住了一天，照過了 X 光片後，發覺他的骨骼尚好，只是擦傷了外皮；但是有四隻牙齒已被石頭撞脫了。

　　爸爸回家的當晚，小明便到爸爸的跟前道歉：「爸爸，我以後再也不敢頑皮了，也不再作弄別人了⋯⋯那天根本沒有蛇，希望你原諒我。」然後深呼吸，低頭慢慢説出：「對——不——起。」

　　經過這次教訓，小明改過了壞習慣，不再作弄別人了，「SORRY」雀這綽號也跟他爸爸的四隻牙齒一樣從此消失了

遲到的秘密

在三乙的課室裏，陳老師如平日一樣在點名。

「葉美儀。」「到」

「楊可兒。」「到。」

「容麗明。」班上無人反應。

「容麗明。」陳老師一臉不高興的重複一次，仍是無反應。

「老師，容麗明還未回來哩。」班長葉美儀向老師報告。

「唔。」陳老師應了一下，喃喃自語說：「今天已是這個月內第十次遲到了，看來要問問麗明究竟在搞些什麼花樣，抑或是另有苦衷。」

老師點完名後，便開始教書。

「大家打開國語課本第十三課。首先聽我讀一次。」陳老師說。

就在老師正唸到課文的一半時，容麗明剛趕了回來，她站在課室門口，用手敲了木門兩下，老師便停下來望着

她，全體同學也一齊望向她。

麗明向老師彎了彎身，説：「對不起，老師，我遲到了。」

老師拉長了臉説：「快回座位，不要阻礙其他同學上課，我們在看第十三課。小息來教員室見我。」

三堂課過去了，是小息的時間，容麗明坐在座位裏默默無言，很憂慮的樣了，她鄰座的小玲向她説：「麗明，還不去見陳老師，遲了去她會不高興的。」

麗明説：「我知道喇，人家正想去。」

在教員室裏，陳老師説：「麗明，你為什麼常常遲到呢？」

麗明不肯回答。不論陳老師怎樣問，她始終把口密封起來，不肯吐露一個字，只是低首搖頭。

老師面對這樣倔強的麗明，也沒有什麼辦法，況且這時麗明的眼眶已全紅了，像快要哭起來，老師便請她回教室，惟有另想辦法了解她的情況。

楊可兒是很活潑的一個女同學，與班上每個同學都合得來，陳老師便選中了她，希望可以暗中調查一下麗明近來常常遲到的原因，另一方面，老師也想打電話到她的家裏了解一下。

　　不過，儘管可兒和麗明在轉堂和小息時有說有笑，但麗明始終不肯向別人透露一點她常常遲到和偶然沮喪的原因。

　　有一天，她們倆和另一位同學往學校的圖書館借書，可兒突然發現了一本新書，便遞給麗明看，可兒說：「啊！這書名叫《認識癌症》，有許多圖畫的，有許多癌細胞的顯微鏡照片，後面還有介紹治療癌症的方法哩。」

　　麗明聽見可兒這樣說，便不由分說的落起淚來，嚇得可兒連忙拿出紙巾給她抹掉豆大的淚珠，麗明說：「可惜我年紀小，又不是醫生，否則我一定會用最好的方法治療

我的媽媽，她現在每天睡在醫院的病牀上因癌病受苦，而且還不知道能否復原。」麗明一面輕聲說，一面飲泣。可兒說：「原來是你的媽媽進了醫院，怪不得你常常呆呆的很不開心似的，一定是想媽媽了。」

「是啊，我擔心得要死了，有時晚上發夢見到媽媽與爸爸和我告別，要去另一個世界，我都驚醒了，所以夜裏睡得不好，早上起牀遲了，於是便遲到了。」麗明嗚咽的說。「以前都是媽媽替我換校服拿襪子的，現在爸爸說我要學習獨立，要自己打理自己，有時我找不到襪子，又找不到運動衣，便浪費了時間，回到學校又遲了。我不敢告訴老師，是因為不好意思讓人知道我因媽媽不在便不懂照顧自己。而且，我不敢把媽媽患了癌症的事說出口，好像說了便會有不祥的事發生，有一次，我無意中聽到大人說起媽媽的病，他們也叫我不要說出來。」

麗明一面說這番話，一面還在掉淚，可兒似乎很明白的安慰她：「麗明，現在的醫學和科學都很發達，你看這書上說患癌症不是一定會死的，只要發現得早，是可以醫治的，你要放心，也要對醫生們有信心，伯母一定會復原，尤其她平日待人這樣好，一定得到好報的。」

「希望媽媽最後能痊癒。」麗明說。

兩個月後，麗明很愉快的告訴可兒：「可兒，真好呢！我媽媽今天可以出院了。」

「是嗎？那太好了！我早說過伯母會復原的。」

「那天我去看媽媽，真嚇了我一跳，因為她長期接受電療後，身體很弱，瘦得像冬天吃的臘鴨，不過她知道自己可以出院，仍笑得很開心。」麗明說。

「經過這段日子，我已完全可以照顧自己了，我已經八歲，不能總依賴媽媽的。」

麗明頓了一頓，若有所思的繼續說：「就算媽媽要再入醫院治療，我也會照顧自己了。」

科幻故事篇

再生人

「舒美、舒美，你聽見嗎？」一陣暖流從腳趾一直往上走，舒美的小腿搖動了兩下，她開始意識到那熱血像聽到下課鐘聲奪門而出的小學生一樣，歡快的奔向她的上半身，血液衝到她的下腹、她的胸部、她的心房、她的頭，直奔她的大腦。

她切切實實的感到胸口心臟在有規律地跳動。「啊……」舒美的喉頭在微微的顫動。手術室內的醫療人員的面上都發出因驚喜而來的光芒。女醫生白雪低聲地說：「她終於蘇醒了，我們有希望了！」白醫生的聲音雖然很細很細，但旁人全部清楚聽到她的話，因為他們心中想的正是這句話。

「舒美，舒美，我知道你是聽得見我的，你應應吧！」康強醫生激動的說。舒美在渾沌中有點認得這副充滿溫柔與愛憐的嗓音，這個聲音她曾在遙遠的荒域中一直渴望聽到，卻又一直沒有聽見。

舒美掙扎着。她體內狂奔的血，讓她意識到自己的手

在那兒、腳在那兒,她合起十隻手指,握成兩個拳頭,她千方百計地移動舌頭,加倍努力地發出聲音:

「我在哪兒?我在哪兒?是誰在叫我?」舒美張開眼睛,見到一張張陌生的、滿布皺紋的面孔。一位老者握住她的雙手,眼角滲出大滴的淚珠,低着頭,以充滿溫柔和愛憐的嗓音說:

「舒美，我是康強呀。」舒美以詫異的眼光，從皺紋下認出了康強的臉。康強，他的未婚夫，為什麼會變成一位老人呢？

「舒美，你進入冷藏狀態已六十多年了，你三十歲那年，我們本要結婚的，但在結婚前半年你卻患上罕見的腦癌，你還記得嗎？我和腦科的同僚決定把你冷藏，直到研究出治病方法才救醒你。現在我已經九十多歲了。」

這時旁邊一位也是八、九十歲模樣的男子說：「舒美，我就是你們的好友程一天，康醫生一直着緊的留意治療的最新研究，想不到要經過這六十多年，才找到治療方法。」

康醫生深情的望着舒美，說：「美，請原諒我，我沒有等你康復做我的新娘，我結了婚，還生了孩子，可惜他們現在都死了。」舒美一時還不能接受現實，呆呆的不能說話。她抬頭看見牆上的日曆，的的確確是公元二零六六年。

康強、程一天、白雪交換了一下眼色，康醫生說：「我們讓舒美休息一下吧。舒美你先休息，待會兒我再來看你。」

他們三人和另外三位醫療人員退出了房間，把舒美留在一間極寬敞的大房間內。這房間裝修得很精緻醒目，房

間盡頭是一排長達二十多呎的落地玻璃窗，外面就是天和海連成一片的藍，其中輕鬆的飄着些白雲。房間的溫度適中，舒美覺得這地方一點不像醫院，倒像是大富豪的行宮。

她開始感到疑惑和憂慮：該怎樣去面對外面的世界呢？對房間外的世界，她充滿莫大的好奇。

休息過一會後，舒美爬起來，開始在房間內走動，她隨手拿起小巧的電視遙控，打開了電視看看。六十吋的電視熒光屏立刻出現了悅目的畫面，電視剛好播出新聞。

舒美一見那個新聞報道員，便納悶起來，自言自語說：「幹嗎要用一個滿面皺紋的老男人來讀新聞呢？沒有年輕點的嗎？」

新聞報道員說：「最近北美區的元標醫生又發現了一種古代中國用的藥物，含有特殊成份，可以控制人的老化。北美區『延續生命研究委員會』已決定撥款三十億元，供元標醫生研究大量生產這種特殊成份藥物的可能性。據該會發言人估計，研究可望在兩年內完成，且預計這種特殊藥物的價錢會比目前廣泛使用的抗衰老藥物便宜最少一半。」

舒美看後覺得很有趣，心想：有了這些抗老藥，女士們大概不用去拉面整容了。接下來那位名叫費平的報道員

又説：「地球共和國三年一度的最年輕公民選舉，將於明日開始接受提名。歡迎外貌年輕、有活力和具有積極求生意志的公民參加。這項選舉不分種族，凡居住在地球，包括北美區、歐、亞洲區、太平洋區和非洲區的公民皆可報名參選。共和國內政部長呼籲各區人民踴躍參與，協助發現地球上最年輕的公民，並鼓勵公民繼續積極求生。」

看到這樣的一則新聞，舒美心中不禁起了大大的疑惑，難道地球的公民都是沒有求生意志的老人嗎？年輕也是比賽項目？初生嬰兒不就是最年輕的嗎？

新聞報道員這時已跳到第三則新聞：「在今日清晨，亞洲區二十名公民在東京區的市中心內，身穿寫上『我討厭這個世界』字樣的血衣，從三十樓跳下自盡。共和國警方後來在他們的住所內找到相同的遺書，聲稱他們是『自盡促進會』會員，他們集體自殺是響應該會會長較早前要求會員自殺的呼籲，目的是紀念該會成立十周年。自從該會會長一周前發出呼籲以來，這已是第一百零二宗集體自殺案。共和國總理在接受記者訪問時稱，他要瓦解這個會，並稱其為非法組織。而一直未有露面的該會會長則透過發言人表示，在一個沒有希望的世界，人民是可以用自殺來解決個人的痛苦和孤寂的。他同時又譴責地球共和國因錯

誤的政策引起的全民不育的大災難,並呼籲全體公民自殺。」

說到這時,報道員費平竟然低頭飲泣,不能繼續下去,要由另一位年老的女報道員接下去。

舒美不由自主的從後感到一陣冰冷,全身抖了兩下。這樣的新聞令她對這個世界產生了更大的疑惑。

舒美感到十分疲累,也許是這一切改變來得太快,有點負荷不了,轉眼間她便倒在那張又大又舒適的牀上睡着了。

舒美不知睡了多久,醒來的時候,只見房間浸在一片橙紅的光芒中,她猜不出究竟是黃昏抑或是黎明。她坐在窗前的白椅上,靜靜地看外面的雲彩和海上閃閃的波紋,她懷疑醒來後遇見的世界是否真的變得這樣不可解,因為那變幻的雲彩跟六十多年前的仍是那樣變幻莫測,那樣美麗迷人。那時,康強對她癡心不已,兩人總愛在山邊看夕陽西沉的姿采。

正當舒美飄盪在回憶的激流的時候,康強已靜靜的進入了房間。「舒美,你醒過來了。」舒美聽見那曾是這樣熟悉的聲音,不用掉頭也知道是康強,畢竟一個人的聲音和眼神是歲月所不能改變的。

「康強，是你。」一見到康強的衰老模樣，舒美忍不住落下一顆又一顆的淚珠。「舒美，六十多年前，我身為北美最優秀的腦科醫生，卻不能醫治自己最心愛的人，我只好隱瞞事實，把你冷藏。我沒有等待你康復，另娶太太，是我對不起你，請你原諒我！」

「強，不要怪責你自己，這是命運的安排，也許是我們之間欠了一點點緣份吧。不要説原諒什麼了。」舒美溫柔的説。

「這就好了。今次我們為你解凍時，同時為你做了換去部分腦部的手術，放入了人造的腦部零件。能讓你復活，我當然感到開心，但我也不知道是對是錯。因為這六十多年來，世界變化得實在是太利害了。」

「是啊，康強，我被剛才熟睡前看的新聞報道弄糊塗了。我們現在究竟身處哪個國家？這地球又怎麼了？」舒美像一個充滿好奇的小孩子，用渴求的眼睛望住康強。

「舒美，在你進入冷藏狀態後十年，第三次世界大戰就爆發了。當時兩個對抗的極權國家竟互相以核彈攻擊，造成以億計的傷亡，他們不惜使用核武器，為的是不肯放棄手中的極權，他們認為極權比人的生命更為重要，其餘各國就是擁有核武也不敢使用，因為不願加入摧毀人類歷

史的行列，第三次大戰其實是一場驚心動魄的心理戰，哪一國不肯繼續用核戰去攻擊人的，便是失敗者。」

「那麼現在電視提到的共和國，想必是已統一全球各地的勝利者了吧。」舒美猜說。「你說得對，現在全球人類都是共和國的公民了，但你也會明白，人民有多厭惡這個政府。因為除了少數在核戰發生時得以躲在地底的人可以活命之外，幾乎所有人都逃不過那場浩劫。我的妻兒，便是在戰爭中死去的。剛才那個新聞報道員費平，也是全家死於戰爭，他和我都是倖存者。」康強說。

「那真是一場浩劫啊！六十多年前世人已多番警告大國要停止軍備競賽、廢除核武，想不到果然發生核戰。是了，你可否告訴我為什麼要找費平這樣的老人來報道新聞呢？」舒美問。

「噢，費平不算老了，他只有六十歲。我忘了告訴你，在大戰之後，地球表面因受到核彈的破壞，生物的循環也起了很大的變化，不知為何，在大戰後竟然沒有一位女性可以成功的經過九個月的懷孕期誕下健康的下一代，至今我們仍在研究治療的方法，我現在是『人造生命研究所』的所長。這可能是上天對我們人類的懲罰。你也可以想像得到，這個共和國讓眾多的人民失去家人，又永不能再生

育下一代，他們對國家的痛恨有多深。」康強停了一會，再說：「由於沒有嬰兒出生，在人造子宮培育的嬰兒又全部夭折，所以全球的人民都是老人家。在過去五十年來，簡直沒有新人降生！」

「全人類都不再有子孫？這真可怕啊！」舒美說。「是的，這是個十分可怕的世界。六十多年前，當大戰還未發生時，人們縱然是受苦，捱窮，忍受極權的統治，人們卻仍抱有希望，盼望自己的下一代、或再下一代始終會得到幸福，他們始終活得有勁。現在就不一樣了，人類再也沒有什麼寄託了，我們從前將一切美好的願望寄託在下一代身上，現在連子孫都沒有了，眼看其他人和自己日漸衰老，真是淒酸。現在生活在後核戰時代的人，有些十分害怕成為地球上最後一個死掉的人；也有些害怕死亡，盡量想把衰老過程押後，他們要靜待希望的出現，怕死了便沒機會見到，這批人是留戀這世界的，而我因為記掛你，也是十分留戀這世界的。」「很明顯，政府和樂觀積極派就想出選舉年輕公民這方法來鼓勵人們積極求生吧？」舒美說。「是的，不過這只是治標不治本的把戲。這種選舉不過是讓人民集體懷念他們年輕的日子，重溫年輕的外貌罷了。人們渴望見到的是新的生命，年輕的生命。」

「康強，你剛才説到五十多年來沒有嬰兒長大成人，那麼我現在便可能是地球上最年輕的人了？」舒美説。

「這個十分有可能。所以我不能讓你就這樣便上街去，會引起路人圍觀，甚至引發暴動的，前兩年就曾發生過羣眾爭看最年輕公民候選人的風采而互相踐踏的事情，那次共死了百多人。假如你想到外面去逛逛街，我先要找人為你化妝成老人家。」康強接着説，「你現在已成了我們的珍寶，你的安全我們要全權負責，如果你想外出，我還要安排便衣護衞跟隨你。」

第二天，康強果然找來了一位化妝師為舒美打扮成一名老婦人。化妝師為舒美戴上一塊滿布皺紋的面具，露出眼睛、鼻孔和嘴巴，然後又用顏料掩飾舒美尚頗年輕的眼睛和嘴巴，最後戴上銀白的假頭髮。經打扮後的舒美看上去七、八十歲的樣子，連舒美自己也幾乎認不出自己了。

康強還找來了白雪醫生陪舒美出遊，他們又預備了車子，和兩位負責在附近保護他們的護衞。舒美跟隨白雪醫生離開那大房間，走過一些窄窄的通道，又步上了幾層樓梯，才離開了那間座落在隱蔽的茂密樹林旁邊，依懸崖而建的大型建築物。

當舒美走到建築物前面又大又高的鋼閘前的時候，發

現那兒掛上一個小小的門牌，上面寫：「人造生命研究所」。

才上車，舒美便一臉疑惑的問白醫生：「這兒就是人造生命研究所？你們是幹什麼的？」白雪醫生囑咐了司機

153

駛向市區後，便緩緩的回答說：「舒美，不瞞你說，我們主要是研究人造子宮的。地球上的醫學在戰後有長足進步，絕大部分的疾病都已受我們控制，而我們的平均壽命已達一百零八歲。可惜我們至今仍不能以我們人類的智慧，複製出女性體內可以孕育生命的子宮。」

白醫生充滿失望地說：「我們雖然有大量的精子和卵子可供試驗，這些都是在核戰爆發前藏在地下室的，但我們想盡辦法也不能令到一粒受精卵發育成為一個人類的嬰兒。這可能是我們永不能超越造物主的一個關鍵。」

「我明白了，你們救我，讓我復活，是想我當你們的生育機器。」舒美感到被利用了，被出賣了，有點悲哀。

「舒美，請你不要怪我們，但我們做了這麼久研究也沒有突破，我們才想到你。康醫生其實也曾強烈反對這樣做。但是現實是，只有你擁有健全的子宮，也只有你這個活人有機會生育下一代。你可能就是延續人類歷史的惟一橋樑了。」

舒美聽後十分迷惘，心頭升起了一個大問號：「我真的這樣重要嗎？」這時，車子停了下來，他們已經進入了市區，並在一座教堂前停下。白醫生說：「今天是星期天，有不少人來到教堂，這兒的教友都是極端分子，事實上戰

後倖存的人都變得瘋瘋癲癲的。他們每星期都渴求他們的主降臨，帶領他們到天國去，還每周舉行祭神儀式，一些活得不耐煩的人便自告奮勇的報名成為獻祭品，據說現在要自薦做祭品，也要排期至一年後。」

舒美聽得瞪大了美麗的雙眸，說：「真是不可思議，那政府為何不插手管制呢？」白醫生說：「那是沒用的，不讓他們公開搞，還是會暗中活動的，況且羣眾需要發洩他們的情緒。」離開教堂的門口後，白醫生和舒美來到一個大公園前，裏面正聚集了四、五百位老人家，全都彩色打扮。

「他們這是在進行嬰兒扮相比賽季選。這些七、八十歲的人憑記憶模仿他們的子女或孫兒的動作、神態和語言，台上的人通常表演到達無我境界，而台下的也看得像飄回過去的日子一樣。這些扮相表演很容易勾起他們的回憶。」白醫生說。

「他們都很可憐啊！」舒美歎道。

「他們都是善良的可憐人，另有一些戰爭倖存者就不那麼善良，他們成了恐怖分子，以襲擊共和國政府為僅存的人生目標，所以我們要小心保護你。」白醫生說。

「那麼一般人的生活又怎樣呢？」舒美問。

「人部分的老公民都很消極，從前他們有子孫去繼續追求自己未圓的夢，前人一直相信憑着文明進步和科學發展，未來的世界會是光明美好的。現在我們生存的竟是一個絕後、灰暗的世界，所以每個人的勞動生產能力都不高，而事實上老人的能力也十分有限，可告慰的是現在生產已很大程度上依賴機械人和自動化的機器，由老人組成的勞動人口已能解決生活所需，而且人們的生活確已改善，也享有很多餘暇。人們最缺乏的就是天倫之樂，和小孩子的歡笑聲及哭叫聲。」白醫生說。

這時他們兩人步行至一間大百貨公司前，大櫥窗放滿各類各款的芭比娃娃和波比嬰兒玩具。「這些玩具做得真是惟妙惟肖啊！那幾個還會自動眨眼說話哩！」舒美驚奇地叫。「是啊，這些就是人們最大的安慰了。現在每個家庭成員起碼擁有一個這些數碼玩具。老人跟小孩一樣，都喜歡跟這些數碼玩具訴心事。現在有些配了微型電腦的公仔還會了解主人說的心事，或作反應或說些安慰說話、或說個笑話哩。」白醫生說。

「舒美，」白醫生臉色凝重的說，「為了可憐的人類，你就答應為我們生育下一代吧。全人類都會感激你。」

舒美和白醫生回到研究所後，便獨自考慮了很久很久，

直至支持不了睡倒在牀上。睡了一日一夜後，舒美決定答應為全人類生育嬰兒，她想：人來到這世界活着，總是有他的使命。活在這樣一種環境裏，是幾乎不由得她選擇另一條路的，就像某些史學家說：「我們這樣做那樣做，是歷史要我們這樣做那樣做的，是身不由己的。」

舒美於是接受了康強醫生和白雪醫生的安排，盡她所能為所有諾貝爾得獎者都生下他們的兒子或女兒。因為，在大戰將要發生前，各國的領袖都下令要把那些諾貝爾獲獎人的精蟲藏好，以備將來使用。

地球共和國公民獲悉已有一名年僅三十歲的婦人正在懷孕的消息後，全民都十分欣喜、緊張，好像舒美懷的就是他們自己的子孫。

舒美要臨盆了，開始陣痛了，電視台就派來採訪隊現場直播，而那些如癡如狂的共和國公民就緊張的留在家中收看舒美生產的實況，其中更有近五十人因受不了那種憂慮和緊張，竟心臟病發身亡了，畢竟生與死不過一線之差。

舒美第一個產下的嬰兒是經濟學家陳大利的兒子，地球共和國公民都感到興奮，還經過投票程序決定這個男嬰就叫做陳大利。

　　舒美第二胎生下的，是文學家馬米斯的女兒。第三胎生下的是政治家聞利奧的兒子。第四胎是科學家楊平平的女兒。第五胎生下的是天文學家汪汪的女兒。第六胎生下的是非諾貝爾得獎人康強醫生的女兒。那一次康強醫生偷偷的拿出自己早已在數十年前藏好的精蟲出來為舒美做人工受孕，他為此幾乎掉了官職。第七胎是和醫學獎得主明蝦生下的兒子。第八胎生下的是和平獎得主戴義生的兒子。到第九胎，舒美生下的是科學家樓平的女兒。第十胎是文學獎得主冼拿斯的女兒。

　　舒美共生下了四名兒子和六名女兒。當康強醫生和白雪醫生為舒美做好第十一次人工受孕後，她在兩個月後便流產了，她的子宮已不肯再工作了。

　　在十名兒女當中，舒美最疼愛的自然是和康強所生的女兒。而在地球共和國，舒美就成了比極權統治者更受人尊敬的人物，她和子女們的生日都成了公眾假期的日子。

　　由於地球急於有新人來繼承歷史，舒美的十名同母異父的子女便要互相結合，她的六名女兒成長後幾乎不曾停止過生產。而舒美享受了四十年的榮華尊貴後去世，去世時她竟然已有一百零五個孫兒。舒美死後被尊為「再生之母」。

舒美的子孫繼續繁衍下去，而地球上的「自盡促進會」在漸失擁躉後解散。而所謂「最年輕公民選舉」自然也被廢除了。世界雖然已改變，但在舒美的子孫當中，權力鬥爭就不曾停止過。而那些藏在地底的核子武器，又隨時準備破籠而出，準備再次改寫人類的歷史。

不死的灰白體

（榮獲第二屆新雅兒童文學創作獎科學文藝組冠軍）

公元二零二七年。

城市是不能想像的擠迫，地球上一半以上的人，都居住在受污染的石屎森林裏。科技的發展，破壞了生態的循環，令原來的森林變成荒漠。大片大片的耕地，被核電廠間歇性洩漏的輻射所污染，不能再種出食物。人在平常的日子，再吃不到新鮮的食物，人都是吃化學品合成的食物來維持生命。

食物製造商初時尚把那些仿食物造成蛋糕、牛扒或蔬菜的模樣，後來為省麻煩，索性把那些食品造成一杯杯的糊狀物體，或一粒粒的營養素。普通人在一年之內，只有數次吃得到真的蔬菜和肉、喝得到真的牛奶和果汁。

人們的外型也趨於一致，男女都剪短頭髮、兩性的服裝也沒有什麼分別。客觀的存在環境雖然是比二十世紀差，但人們的求生意志仍很強。人們雖不明白生存有什麼重大意義，但相對於不可知的死亡來說，死亡還是比生存

可怕得多。

由於過去的十多年內，探測太空的計劃屢次失敗，多次發射的衛星和穿梭機都遇上意外，損失了好幾千億元。地球上的科學家和政客，把巨額的經費，改放在延長人類生命和醫藥的研究上，於是全球的尖端科學家都致力研究醫學，不再花精力和資源在數萬光年外的遙遠星體。

二零二七年九月一日，是一個特別的日子。

先進國政府在晚上的電視新聞上，發出驚人的呼籲：「各位親愛的人民，我們的未來學家和科學家，經過了多年的研究，已研究出令腦細胞不死的科技。古哲學家說：『我思，故我在。』清楚簡明的說出，人腦確是人生命的精華，所以我們研究出永遠保存人腦的科技，事實上等於發明了不死的方法。政府現向全體人民宣布設立一個『不死計劃』，歡迎人民參加。政府對各行業的參加者都設有限額，倘若申請人人數超額，政府會舉行考試或甄選。我們需要的是技術工人、學者、教師、音樂家、科學家、藝術家、醫生等。申請人年齡需在二十至四十歲之間，他們參與『不死計劃』後，將會接受一個全新的、不會腐朽的身軀。現在，滋養人腦的肉身，實在是世界上最易腐朽敗壞的物質，經短短數十年便不再中用。我們將為被選者換

上不朽的軀殼,去滋養保存那高貴、奇妙、偉大的人腦
……」

　　居住在先進國的王克博士和太太李媚,在家中剛用過
漿糊餐,聽見那電視上的呼籲,都感到非常興奮和震驚。
王克是先進國核電廠的工程師,李媚則是全國知名的年青
作家,年未過三十已出版了三十多種著作。

　　事實上，先進國全國都陷入議論紛紛的狂潮，許多世紀以來，人類期待、渴望可以不死，現在竟已找到實現的方法，人們又驚又喜，半信半疑。

　　「李媚，這是科技上的大突破，對你們女性來說，也是個好消息。我們生育下一代的目的，不外是個人的延續，現在若你我都能不死，便不用你受生產之苦，也不用生育兒女了。」王克說。

　　人類科技雖然進步，但在二零二七年，科學家仍未能把一堆和人體成份一樣的有機體和水，混合成活生生的嬰兒，母體仍是培養新生命的惟一溫室。

　　「王克，你沒有留意政府公布說，參與『不死計劃』的，都要換上新的軀殼嗎？沒有了我的身體，那還是我嗎？」李媚的反應似乎較王克冷淡。

　　「媚，難道你不同意，我們作為萬物之靈，是因為我們的腦，比其他生物發達嗎？大腦內的灰白體使我們有思考、有記憶、有感情，那肉身只不過是為了支持、滋養那數磅重的大腦。腦才是我們生命中最寶貴的東西。」王克說。

　　「那麼，你以為光是你的腦，就可以代表你嗎？」李媚問。

「差不多可以這樣説。」王克答道。

「噢，想不到我的丈夫有這樣驚人的想法，我原來是每天和一個滑溜溜的大腦一同生活、一起睡覺，想到這都已毛骨悚然。」李媚説。

「不用胡思亂想了，我只是想強調我們的腦很重要。你看我不是英俊瀟灑、四肢強健的站在你面前嗎？政府公布上説，參加『不死計劃』後，會給我們換一個軀殼，並不是完全解除我們的軀殼，也許我們還會被配上三頭六臂，或換上一個更完美的身軀也説不定呢！」王克説。

「什麼？王克，你真的有興趣參加這計劃？我以為你只是在説笑呢！」李媚拉長了臉説。

「這是難得的好機會，生存於這個時代，我有一種使命感去接受這人類歷史的挑戰。以我的學問和你的聰明與感性，政府一定會接納我們的申請，起碼國家需要人才搞發電，也要你創作偉大作品來歌頌不死吧。」王克説。

「不死計劃」的最高負責人有兩位，一位是未來學家哈地教授，另一位是專門研究人體的科學家西門博士。在一間封閉了的白色小房間內，王克和李媚接受面試。

「王克，我們很歡迎你申請參與這『不死計劃』。以你豐富的學識，加上一個不會腐朽的軀體，將來肯定可以

為人類的進步帶來貢獻。近年的核子發電廠多次發生意外，若王博士換上了新的防輻射軀殼，便可以替世界各國修理那些被埋在石屎堆下、損壞了的反應爐，使它們重新發電。」哈地教授充滿信心地說。

「哈地教授、西門博士，我很佩服兩位和其他研究人員的成就，所以申請參加。你們把人腦放在人造軀殼的手術，聽說已非常成功，可否讓我親眼看看那人造軀殼是怎樣的呢？我的太太是這樣的一個美人兒，我不希望她將來變成一個僵硬的機械人呢。」王克說。

西門博士微笑，答道：「王博士你請放心，我們製造的軀殼是很完美的，在合成金屬的支架上，我們把塑膠和蠟，混合成像肌肉一樣富彈性的物質，還加上五官的感覺系統，面孔可按照李媚女士和王博士的樣子造，或可以按兩位要求的其他樣子造。剛才送你們進來的助手，便接受了大腦移殖手術，他的軀殼跟普通人不是一樣嗎？」

王克滿意的點點頭。

「假如我們換了新的不腐敗的身體，那麼原來的肉身便消失了，是嗎？」李媚問西門博士。

「是的，王太太。」

「這等於說我們不能再生育下一代了，是嗎？」李媚

續問。

「也是的，這個你們要作一選擇，若得到了永生，便不可以如其他人一樣生育下一代了。」西門博士説。

「這個我們會考慮清楚的。」李媚説。面試完畢，王克和李媚便離開那科技中心，擠上滿載乘客的地下火車回家去。晚飯後，李媚對丈夫説：「王克，我看我們還是退出『不死計劃』，不能生育下一代，我們便不能享受天倫之樂。」

「但李媚，現在人口膨脹得這般厲害，人與人的競爭又這麼激烈，要下一代重複經歷我們成長受到的痛苦，不是很委屈他們嗎？」王克説，「況且我們這樣相愛，不是希望可以永遠生活在一起嗎？參加了『不死計劃』，沒有了死亡的威脅，我們便不用經歷死別的痛苦，對我們來説，不是天賜的福份麼？」

李媚本是不大願意參與那計劃的，但想到可以和丈夫永遠地廝守，又了解到丈夫懷有強烈的使命感，便同意與王克一同參加「不死計劃」。一個月後，哈地教授通知他們，申請已被接納。首先，他們被邀請進入不死城。

不死城座落於遠離城市的大山谷內，王克夫婦和其他入選的人，分別被小型飛機以小組方式送到不死城，那兒

的設備都很先進。下機後，他們隨守衛步行了十多分鐘，經過一重又一重的警崗，來到一個白色拱型屋頂的大禮堂，禮堂前面的紅色講台上，站着哈地教授，他向約三百名的「選民」致辭：

「歡迎大家進入不死城，這是一個新的人間樂土，生、老、病、死再不能為這兒的人帶來任何痛苦……」

王克向左右觀察，「選民」中大部分他都不認識，但也有一些人是認識的，他們之中不乏名人；就是李媚，似乎也有人向她點頭打招呼。禮堂的各個出入口通道都有守衛站崗，而禮堂的各個角落，都站有許多身穿整齊制服的工作人員在巡視。李媚一開始就不大安心，自覺是囚犯。

往下，他們聽到了最令人戰慄的宣布，哈地教授洪亮的聲音，在白色禮堂內迴響着，令人不能漏聽或錯聽一個字：

「……各位親愛的『選民』，你們在未來的兩周內，會分批接受手術。接受了新軀體的你們，不用再受病菌的侵略，假如肢件舊了，失去彈性或光澤的話，可以到肢件中心再裝配；但是，因為你們是人類的新品種，而且是世界上第一批經過甄選的、接受人造軀體的人，所以，為了保護你們的安全和國家的利益，你們將不能自由離開這個

个死城，你們將要在這兒建設另一個人類文化，在這兒從事經濟生產，永遠不能再回到外面的世界去。」

聽到這些話，王克、李媚和其他人的臉色都變得蒼白，一同大聲責問哈地教授和西門博士。有些人哈哈大笑，有些人則驚叫起來。

「什麼？不能再回去？開玩笑了吧，那麼我豈不是和我的父母永別了？對他們來說，我不就等於死了嗎？」一個年青人叫喊說。

「可惡的騙子，為何先前不對我們說清楚，是要與其他人隔離呢？我的家人等着看我的新形象呢！」先進國一著名藝人焦急地說。

當「選民」在騷動時，那些守衛已提高了警覺。哈地教授繼續說：「你們不要試圖離開這兒，能在這兒為人類拓展新的生活方式，是你們、也是我們工作人員的福份。任何人嘗試逃走，都只好即時面對死亡。你們參與這計劃不是想長生嗎？我想你們是不會做傻事的。」

哈地教授說完話後，便和西門博士離開了大禮堂。一些較為激動的「選民」，已被守衛用迷魂劑制服，妥妥貼貼的躺在禮堂旁邊的牀上。

王克和李媚夫婦來不及跟旁人說話，便無奈的被守衛

帶往一間房子去。那間房子坐落在不死城的住宅區，一排的房子完全一式一樣，門前有小花園，種有同一個品種和顏色的花，經過花園內長三公尺的小路，便是門口。王克看不清那排房子共有多少間，只見房子無盡的向前伸延，像一排模型玩具。

「在你們接受手術前，不能和其他人說話。我將在這兒看守你們，直至明天。」守衛說完，便在房子內的椅子坐下。

第二天的清晨，王克夫婦倆被安排往手術室，那兒的燈光強烈得很，王克躺在手術枱上，接受了麻醉劑後，便立刻進入昏迷狀態。

到他醒來，已被換上另一個軀體了。王克睜開眼睛看看自己，西門博士說得很對，此時，他的外型跟以前完全一樣，只不過他的皮膚再也不能感到溫度。

穿白衣的工作人員對他說：「你的視力應該和以前一樣，見到我們嗎？」「見到。」王克說。「以後你毋需再進食了，你的嘴巴以後主要就用來說話了。雖然不用進食以維持生命，但你以後要定時前往能源中心補充體內的能量，這是非常重要的。假如你不及時補充用完的能量，你尊貴的大腦便會停止活動，即是死了，明白嗎？」另一個

白衣人説。

「明白。我的太太呢？她的情況怎樣？」王克問。「她應在對面的手術室裏。你要留在這兒接受觀察一段時間，才可以與她見面。」白衣人説。

王克觸摸自己的手腳，雖然沒有溫暖的感覺，卻和以前的肌肉一樣富彈性，也很像原來的大小形狀。王克和李媚在決定參與「不死計劃」時，決定新的軀殼依照本來的模樣造。

王克坐在光亮的手術室等待，覺得每一分鐘都很漫長，因他心中掛念李媚的情況。不知等了多久，西門博士終於來到了他的面前，對他説：「王博士，請跟我來，你可以去見你的太太了。」

王克匆匆的跟隨展開快步的西門博士，來到了另一手術室，手術枱上躺着李媚。西門博士沒有表情的説：

「對不起，王博士，我們預先為李媚預備的軀體，與她的大腦不大配合，她的大腦不能吸收我們提供的能源，現在她的腦只餘數分鐘的活動能力，你快到她跟前説話吧，她想見你。」

「什麼？你們……」王克的面色變得焦黑，急急的撲向李媚。

「王克，你沒事吧？我想我不能與你同享永生了，你們會永遠懷念我的，是嗎？我從開始就不相信人有足夠的智慧打破死亡這限制，造物者要我們死，是有他的理由的……」話未說完，李媚的腦便完全停止了活動。王克驚叫，但發覺新裝配的眼睛是沒有眼淚的，腦袋只覺一片空白。

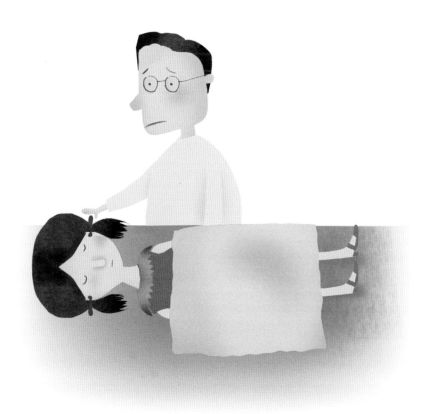

「王克，你不用擔心，我們可以做手術，為你擦去有關李媚的記憶，你便不會有痛苦的感覺。」西門博士説。

「你們，你們這羣玩弄科技的大騙子，竟從未提過手術是會失敗的⋯⋯」王克激動的叫嚷。

「王博士，這是很難預料得到的，根據我們電腦的計算，失敗的機會率只是百萬分之一，可能是李媚對我們的科技缺乏足夠的信心，所以⋯⋯不過，就是核電廠發生意外的機會率也是很低的，但意外總會發生。」西門博士冷靜的説。

「現在李媚的腦已經死了，我們爭執下去也是沒有用的。」西門博士安慰王克説。

三個月後，王克在一次補充能源時被麻醉。西門博士恐怕王克因過度憂鬱而影響日後的工作，便把他的部分記憶洗掉。

在以後的日子裏，王克和他的一羣下屬，不斷的為世界各國修理損壞了的核子反應爐，為先進國帶來可觀的收入和國際聲譽。至於他為什麼會放棄了原來的血肉之軀，他一點也不曉得，他甚至記不起在進入不死城之前的生活。他的腦所保存的，只是他的理性和科技知識。

不過，不死城的居民有時也不能逃過死神的魔掌。由

於那不朽軀體內的仍是人腦，有時他們也會因為用腦過度，忘記了一些重要的事情。他們之中，有部分就是因為忘了去能源中心補充能量而死亡的。

附錄：劉素儀主要的兒童文學原創作品

出版時間	作品名稱	出版社
1987	鯨的故事	香港兒童文藝協會
1988	虛心的旅程	綠洲出版社
1989	溫暖城堡	新雅文化事業有限公司
1987	「SORRY」雀	新雅文化事業有限公司
1988	引誘	綠洲出版社
1988	親善小姐的一天	新雅文化事業有限公司
1992	反斗三星	獲益出版事業有限公司
1988	肥芝的心事	綠洲出版社
1989	這個暑假	香港文學雜誌社
1992	夢遊歷險記	獲益出版事業有限公司
1992	離家出走記	獲益出版事業有限公司
1992	遲到的秘密	獲益出版事業有限公司
1992	肥爸爸找女兒	獲益出版事業有限公司
1988	不死的灰白體	新雅文化事業有限公司
1993	再生人	三聯書店香港有限公司

獲獎作品：

- 《鯨的故事》：榮獲香港兒童文藝協會第二屆兒童文藝創作獎亞軍。

- 《「SORRY」雀》：榮獲第一屆新雅兒童文學創作獎生活故事組冠軍。

- 《親善小姐的一天》：榮獲第二屆新雅兒童文學創作獎生活故事組亞軍。

- 《不死的灰白體》：榮獲第二屆新雅兒童文學創作獎科幻故事組冠軍。